Paul Hutchens

Der Geisterhund

Paul Hutchens

Der Geisterhund

Verlag Schulte + Gerth Asslar

Die amerikanische Originalausgabe erschien im Verlag Moody Press, Chicago, unter dem Titel „The Ghost Dog“

Aus dem Amerikanischen übersetzt von Esther Walter

Best.-Nr. 15 846
ISBN 3-87739-846-4
1. Auflage 1988
Umschlaggestaltung: Herybert Kassühlke
Satz: Typostudio Rücker & Schmidt
Druck und Verarbeitung: Ebner Ulm
Printed in Germany

1

Es war ein brütendheißer Sommernachmittag. Ich lag träge im Schatten der alten Buche bei dem „Schwarze-Witwen"-Stumpf und döste vor mich hin. Neben mir im Gras lag Dichterling, mein beinahe bester Freund. Wir beide warteten auf den Rest unserer Bande. Für heute nachmittag hatten wir nämlich ein sehr wichtiges Treffen verabredet.

Natürlich hatte ich noch keine Ahnung davon, *wie* wichtig unser Treffen sein würde und welche aufregenden und sogar gefährlichen Ereignisse an diesem Nachmittag auf uns warteten. Sonst wäre ich wohl kaum so faul und schläfrig gewesen.

Doch jedesmal, wenn ich gerade am Einnicken war, sagte oder tat mein pausbäckiger, boshafter Freund irgend etwas, das mich jäh aus meiner Traumwelt riß. Dann hatte mich der siedendheiße Sommernachmittag für ein paar wache Minuten wieder.

Wie ihr vielleicht wißt, befindet sich die dicke Buche, in deren Schatten wir lagen, ungefähr zehn Meter von dem „Schwarze-Witwen"-Stumpf entfernt, wo sich unsere Bande schon unzählige Male getroffen hat. Es ist der markanteste Baumstumpf in der ganzen Zuckerbachregion. Wir hatten ihn so benannt, weil dort Schreihals' Vater von einer „Schwarzen Witwe" gebissen worden war. Er war viele Jahre lang dem Alkohol ergeben gewesen, bis er um die Vergebung seiner Sünden bat und Gott ihm ein neues Leben schenkte. Wie ihr vielleicht auch wißt, ist Schreihals, der Krauskopf, der Akrobat unserer Bande. Zu Hause muß er mit sechs Schwestern auskommen. Er kann beinahe alle Vögel und andere Tiere nachahmen, die man in unserer Gegend findet. Er kann zwitschern und piepsen wie ein Vogel, grunzen und quieken wie ein Schwein, bellen und jaulen wie ein Hund und auch quaken und zirpen.

Geht man von dem Baumstumpf aus an

der krummen Linde vorbei, ungefähr zwölf Meter südlich, so kommt man zu einer sprudelnden Quelle, die kristallklares Wasser spendet. Du kannst dir keinen angenehmeren und kühleren Platz an einem sengendheißen Sommertag vorstellen.

„Kannst du das nicht endlich lassen?“ knurrte ich Dichterling an, der mich gerade wieder wachgepufft hatte – jetzt schon zum siebten Mal. „Das nenne ich alles andere als kameradschaftlich! Ich warne dich, reize keinen jungen Löwen! Das könnte dir vielleicht schlecht bekommen!“

„Kameradschaftlich!“ wiederholte Dichterling mit quakender Stimme. „Dabei wollte ich dir schon die ganze Zeit erzählen, daß das Zuckerbachgebiet auf dem besten Wege ist, Schlagzeilen zu machen. Schau dir diesen Zeitungsausschnitt an! Ein Bild von der hohlen Platane in unserem Hof und unserer alten weißen Muttersau mit ihren sechs Ferkeln!“

„Habe ich heute morgen schon gesehen“, brummte ich zurück, „was gibt’s da schon zu prahlen! Unsere rote Muttersau zieht ihren Nachwuchs in einem modernen Schweinestall groß und nicht in einer hundertjährigen ausgehöhlten Platane, in der die Spechte ihre Nesthöhlen hämmern. Vergangene Woche hat unsere rote Adele sieben Ferkel geworfen, und alle haben so schönes rotes Haar wie ich!“

Nach diesen Worten rollte ich mich ein Stückchen weiter nach links, bis ich wieder im vollen Schatten lag, und machte einen erneuten Versuch einzuschlummern. Vielleicht würde mich ja mein rundlicher Freund für eine Weile in Frieden lassen. Wenn der Rest der Bande eintraf, wäre es sowieso mit der Ruhe vorbei.

Eben war ein leichtes Windchen aufgekommen. Die Blätter der guten alten Buche über mir bewegten sich raschelnd und erinnerten mich an das Schnattern und Tuscheln eines Mädchenschwarms auf unserem Schulhof.

Vielleicht sollte ich erwähnen, daß ich sehr oft alleine durch das Wäldchen streife oder am Bach entlangschlendere, um

Schneckenhäuser oder Vogelnester zu suchen oder am Ufer geduldig zu warten, bis ein ahnungsloser Fisch nach dem netten, saftigen Wurm an meinem Angelhaken schnappt. Wenn ich dann das Rascheln der Blätter über mir und um mich herum höre, denke ich oft, daß sie sich etwas zuflüstern. Manchmal hört es sich sogar an, als klatschten sie in die Hände, wie es in einem der Bibelverse heißt, die Mutter so liebt: „Alle Bäume des Feldes werden in die Hände klatschen."

Wenn ich bei meinen Streifzügen das Plätschern des Zuckerbachs höre und das Tirilieren der Vögel ringsumher, dann freue ich mich, daß ich lebe und lebendig bin. Dann sind die Vögel meine gefiederten Freunde und die Streifenhörnchen, Erdschweine, Weißschwanzkaninchen, Waschbären, Beutelratten und sogar die Iltisse meine Brüder – Willi Collins' Brüder. Brüder von Theodor Collins' „erstem und schlimmstem" Sohn, wie mein Vater mich nennt – manchmal im Scherz, manchmal aber auch nicht.

Gerade war ich wieder im Begriff einzuduseln, als urplötzlich Dichterling einen pfeifenden Laut von sich gab, so, als wenn die Luft aus einem Autoreifen herauszischt, und dann laut und vernehmlich sagte: „Willi, hast du es auch gehört?“

Nichts hatte ich gehört. Knurrend drehte ich mich auf die andere Seite, um wieder einzunicken.

„Im Ernst, hörst du denn nichts?“ donnerte Dichterlings Stimme in meine friedlichen Träume. „Ich höre einen Hund bellen.“ Jetzt rollte er zu mir herüber und stieß mit seiner massigen Schulter unsanft gegen meinen Rücken. Dann setzte er sich auf und schüttelte mich, bis ich wach wurde. „Aufwachen, Theodor Collins' ‚erster und schlimmster Sohn‘! Ich sagte, daß ich einen Hund bellen hörte!“

„Vielleicht war es auch nur das Klappern deiner hohlen Birne“, gab ich mißvergnügt zurück.

Bis dahin schien alles um mich herum dazu beizutragen, daß ich zu meinem so dringend benötigten Mittagsschläfchen kam: die siebenhundert oder mehr Honigbienen, die in der krummen Linde summten, die schwarze Krähe, die dann und wann vom nahen Wäldchen her leise krächzte, unten im Tal der Zuckerbach, der sein einförmiges Lied sang, und die hochstehende Sonne, die alles mit ihren wärmenden Strahlen zudeckte.

Nur einer hatte sich gegen mich verschworen: Dichterling. Er, der doch beinahe mein bester Freund war. „Weißt du eigentlich, was heute für ein Tag ist?“ ließ er sich jetzt vernehmen. Ich wußte es nicht und wollte es auch nicht wissen!

Dann wird er mich wohl mit einer Blume oder einem Grashalm an der Nase gekitzelt haben, denn plötzlich mußte ich heftig niesen und war mit einem Mal hellwach. Einen Augenblick lang funkelte ich ihn grimmig an, und gleich darauf drehte ich ihm wieder den Rücken zu.

Dichterling beantwortete seine Frage selbst: „Laut Kalender haben wir genau heute vor einem Monat ‚Alexander den Kupferschmied‘ begraben. Joachim hat für

Alexanders Grab einen Blumenstrauß gepflückt, und wir werden ihn heute nachmittag zu dem Friedhof bei dem alten Spukhaus begleiten."

In diesem Augenblick stand das Geschehen, das sich vor genau dreißig Tagen abgespielt hatte, in seiner ganzen Dramatik vor mir. An jenem Nachmittag war plötzlich eine wütende Wildkatze, so groß wie ein Berglöwe, in der Nähe unseres Hofes aufgetaucht. Gerade hatte die wildgewordene Bestie zum Sprung direkt an die Kehle des kleinen Joachim angesetzt, als der Mischlingshund meines Vetters Wally auf die Wildkatze zuschoß. Diesem tapferen, treuen Tier – halb Jagdhund, halb Terrier – verdankt Joachim sein Leben. Diese Tat machte Alexander den Kupferschmied – so wurde er wegen seines kupferfarbenen Felles genannt – zu dem größten Hundehelden der ganzen Gegend. Kopf und Zähne voraus stürzte er sich auf die wütende Wildkatze. Ihr könnt euch ausmalen, wie feuerheiß der Kampf tobte. Das war ein Bellen und Fauchen, ein Jaulen und Zischen, ein Klatschen und Ratschen, wie ich es noch nie gehört hatte. Während Joachim sich – noch ganz außer Atem – fest an meinen rechten Arm klammerte, feuerte ich wie wild Alexander an: „Faß, faß sie!" Auch Schreihals, Jürgen, Länglich und Wally und sogar Joachim feuerten durch lautes Rufen den tapferen Hund zu äußerstem Kampfesmut an. Es war nicht nur der vielleicht erbittertste Nahkampf, den wir je erlebten, sondern wohl auch einer der kürzesten. Ganz plötzlich kam die Schlacht zu einem tragischen Ende. Ich mußte es mitansehen – und wollte es doch nicht wahrhaben –, was sich da vor meinen Augen abspielte. Auf einmal begann das Knäuel aus kupferfarbenem, jaulendem Hund und gelbbrauner, fauchender Wildkatze zu rollen – und rollte und rollte und rollte auf den Rand der Felsplatte zu, auf der der Kampf stattgefunden hatte, und über die Kante hinab in die Tiefe – tiefer und tiefer und tiefer!

Sie landeten auf einem zackigen Felsvorsprung, ungefähr dreißig Meter tief. Ich wollte meine Augen abwenden, aber dann sah ich es doch – und hörte es, das Fürchterliche.

* * *

Wir begruben Wallys tapferen kleinen Mischlingshund nicht weit von der Stelle, wo der Kampf stattgefunden hatte, im Ufersand des schnell dahinfließenden Canyon-Flusses. Nie mehr würden wir Alexander nachschauen können, wenn er wie ein Blitz aus blankem Kupfer die Straße hinunterschoß, mit einem fahrenden Auto um die Wette laufend. Nie mehr würden wir des Nachts sein helles Gekläff hören, wenn er mit den Jagdhunden von Schreihals' Vater in dem nahen Wäldchen einem Waschbären nachjagte. Niemals würde ich mehr unter der Efeuranke bei unserem Seiteneingang sitzen und seinen traurig-frohen Kopf kraulen – vorausgesetzt, daß ich ihn zuvor so weit ruhig kriegen konnte, daß er sich das gefallen ließ. Als die letzte Schaufel Sand auf sein Grab gestreut war, wurde mir schmerzlich bewußt, daß er von jetzt an für immer ein schweigender Hund sein würde.

Ein oder zwei Tage nach dem Begräbnis kamen uns Bedenken, was wohl geschehen würde, wenn der Canyon-Fluß plötzlich Hochwasser führen sollte. Wahrscheinlich würde dann Alexanders Leiche herausgeschwemmt und viele Kilometer flußabwärts wieder an Land gespült werden, und vielleicht würden sich alle möglichen aasfressenden Tiere über ihn hermachen.

Der Tag, an dem wir ihn wieder ausgruben, war nochmals ein todtrauriger Tag für uns, besonders für Wally und ganz besonders für den kleinen Joachim, dessen Leben Alexander gerettet hatte. Auch für mich war es sehr traurig, so daß ich euch eigentlich gar nicht darüber schreiben wollte. Wir schleppten den toten Hundekörper in einem Sack aus grober Jute durch das kleine Wäldchen zu dem Hundefriedhof, der Tom, dem Trapper, gehörte und der hinter dem Spukhaus lag, wo der alte Tom einst gewohnt hatte. Dort hoben wir unter dem Holunderstrauch ein tiefes Loch aus und begruben Alexander den Kupferschmied noch einmal.

Ich werde auch den Tag nicht vergessen, an dem unsere Bande zu dem kleinen Friedhof aufbrach, um Joachim zu helfen, die Grabtafel aufzustellen, die sein Vater aus einer Birkenholzscheibe angefertigt hatte. Seine Mutter ist die beste Pianistin in der ganzen Gegend, und sie spielt jeden Sonntag die Orgel in unserer Kirche. Weil sie auch sehr begabt ist im Zeichnen und Malen, hatte sie auf die Tafel einen schlafenden Hund gemalt und darunter die Worte gesetzt, die Joachim sich selbst ausgedacht hatte:

ALEXANDER DER
KUPFERSCHMIED
Wir werden dich noch lange
in unseren Herzen tragen

Tränen traten in meine Augen, als ich mehrere Minuten lang auf den kleinen Erdhügel schaute, der unter dem mit schweren weißen Blütendolden über und über besetzten Holunderstrauch lag. Ein weit herabhängender Ast verdeckte fast die Worte „in unseren Herzen tragen“. Mir schien es, als hätten wir ein Mitglied unserer Bande verloren und nicht einen Hund.

Während wir alle so dastanden und jeder seinen eigenen Gedanken nachhing, schaute ich verstohlen in die Runde. Dicht neben dem Grabhügel stand, noch auf die Schaufel gestützt, Jürgen, unser Leiter. Er hatte die Lippen fest zusammengepreßt. Die Andeutung eines Schnurrbartes zierte seine Oberlippe. Länglich mit seinen Glotzaugen hielt sich ein Taschentuch vor die Nase, vielleicht, um dadurch ein Niesen zu unterdrücken, weil er wahrscheinlich wieder auf etwas allergisch war – etwa auf den Jutesack, in dem wir Alexander begraben hatten, oder auf Hundehaare oder irgendeine Pflanze oder Blume, die hier wuchs. Dichterlings rundes Gesicht mit seinen dunklen, zottigen Augenbrauen schaute sehr ernst drein. Daneben stand Schreihals, unser Akrobat. Sein krauser, brauner Schopf wurde gerade wunderschön von der Nachmittagssonne beschienen. Neben ihm stand Joachim, unser Kleiner, und dann ich, Willi Collins, „erster und bester Sohn“ von Theodor Collins – wenigstens in diesen Augenblicken.

Ich war nicht der einzige, der Tränen in den Augen hatte. Auch Joachim senkte gerade seinen Kopf, damit niemand seine Tränen sehen sollte – kein Junge, den ich kenne, möchte, daß ein anderer Junge ihn weinen sieht.

Danach verließen wir den kleinen Friedhof und trugen Alexander in unseren Herzen, wie es die Grabinschrift sagt. Für eine Weile sprach keiner von uns, aber jeder tat irgend etwas, um seine Traurigkeit nicht zu zeigen. Einige hoben Steine auf und warfen sie irgendwohin; andere rannten plötzlich in diese oder jene Richtung oder hangelten sich an einem Baumast hoch oder schlugen einen Salto.

Ja, das war das Ende von Alexander dem Kupferschmied, dem wunderbarsten, heldenhaftesten Hund, der jemals im

Zuckerbachgebiet gelebt hat. Aber was würdet ihr denken oder sagen, wenn ihr nach dieser ganzen Geschichte plötzlich eines Nachts vom Zuckerbachsumpf her das Bellen und Jaulen eines Hundes hören würdet, das haargenau so klingt, wie wenn Alexander der Kupferschmied mit den Jagdhunden hinter einem Waschbär oder Fuchs oder einem anderen in unserer Gegend heimischen Raubtier herjagte?

Du und deine Eltern und dein gesunder Menschenverstand sagen dir wahrscheinlich, daß ein toter Hund nicht wiederauferstehen kann und daß es so etwas wie einen Geisterhund nicht gibt. Aber du hörst den Hund mit deinen eigenen Ohren, und es ist genau der Ton, den du kennst, und du merkst, wie plötzlich ein kalter Schauer deinen Rücken hinunterläuft.

Ist Alexander wieder zum Leben erwacht? Bis die Woche um ist, werden wir es erfahren haben, und zwar durch eines der seltsamsten Abenteuer, das die Zuckerbachbande je erlebt hat.

2

Nachdem wir die Grabtafel aufgestellt hatten, ging Joachim noch mit mir zu unserem Hof, um sein Fahrrad zu holen, das er unter dem Walnußbaum neben unserem Eingangstor abgestellt hatte. Gerade als er sich auf seinen blitzenden blauen Renner schwingen wollte, um pünktlich zum Abendessen zu Hause zu sein, kam er mit einer Frage heraus: „Sag mal, gibt es auch einen Himmel für Hunde?"

Ich war so überrascht von dieser Frage, daß ich ihn lange anschaute, ohne ein Wort zu sagen. Ich kam mir sehr hilflos vor und wünschte so sehr, ich könnte seine Frage mit Ja beantworten.

Einige Minuten lang sprach keiner von uns ein Wort, dann sagte Joachim: „Alexander hat nicht einmal die Hälfte eines normalen Hundelebens gelebt. Ich würde es ihm wünschen, daß er die fehlenden Jahre in einer anderen Welt genießen könnte!"

„Er lebt in unseren Herzen weiter", entgegnete ich und erinnerte damit an die Grabinschrift.

„Das meine ich nicht", erwiderte Joachim und seufzte tief, wobei er seinen Kopf senkte. „Ich wünschte ihm, er könnte noch einmal so richtig leben und lebendig sein."

Während drei sehr langer Minuten sagte wieder keiner von uns beiden ein Wort. Ich nahm mir vor, bei der ersten Gelegenheit meine Eltern wegen dieser Sache zu fragen. Beide, meine Mutter und mein Vater, waren Sonntagsschullehrer und kannten die Bibel recht gut. Und außerdem hatten wir in unserem Bücherschrank ein dickes Buch, das Erklärungen zu den einzelnen Bibelversen enthielt.

„Das wünschte ich Alexander auch", fügte ich noch zu unserem Gespräch hinzu. Dann kletterte ich auf den Sitz der Schaukel, die mein Vater an einem Ast des Walnußbaumes angebracht hatte, und bemühte mich, sie in Schwung zu bringen.

Vielleicht würde ich beim Schaukeln meine Traurigkeit ein wenig vergessen. Mein kleiner Freund stand immer noch mit einem ernsten Gesicht und seltsam träumerischen Augen da.

Joachim mit seinem schönen Lockenschopf war das jüngste Mitglied unserer Bande, und wahrscheinlich war er einer der besten und liebenswertesten Jungen, die ich kenne. Ich war stolz, daß er mir manchmal seine geheimen Gedanken anvertraute, die er sonst niemandem auf der Welt mitteilte.

„Weißt du was, Joachim“, wandte ich mich jetzt an ihn, „am meisten freue ich mich, daß du lebst und lebendig bist.“

Joachim schaute ein wenig scheu zu mir auf, senkte dann sofort wieder seinen Blick und schluckte ein paarmal kräftig. Dann räusperte er sich und sagte, ohne mich anzuschauen: „Ich glaube, du bist mein bester Freund.“

Nach diesen Worten schwang er sich auf das Fahrrad, trat kräftig in die Pedale und schoß wie ein Blitz die Straße hinunter.

Ich schaukelte jetzt im Stehen und schwang mich höher und höher hinauf: vor und zurück, vor und zurück, immer schneller, immer höher. Der kühle Wind tat meinem Gesicht gut; ich war glücklich, daß ich lebte. Ich, Willi Collins, der mit niemandem tauschen wollte, schon gar nicht mit Alexander dem Kupferschmied, der unter dem Holunderstrauch auf dem Hundefriedhof von Tom, dem Trapper, begraben lag.

In der Ferne konnte ich Joachim noch als kleinen Punkt erkennen. „Dort fährt ein Junge, der vielleicht wirklich dein bester Freund ist", mußte ich denken.

Während ich noch einmal so richtig Schwung holte, hörte ich mich das Lied pfeifen: „Welch ein Freund ist unser Jesus ..."

Und während ich so schaukelte und pfiff, wanderten meine Gedanken zu jenem schädelförmigen Hügel außerhalb von Jerusalem, auf dem ein hölzernes Kreuz aufgerichtet war, an dem der Heiland hing. Nägel hatte man durch seine

Hände und Füße geschlagen und eine Dornenkrone auf sein Haupt gedrückt.

Als ich in meinen Gedanken das Kreuz mit dem Heiland sah, war es mir, als sagte er gerade in diesem Augenblick zu mir: „Ich werde in drei Tagen auferstehen und wieder leben, und ich werde dein bester Freund sein, ich will dein allerallerbester Freund sein!“

Ich merkte, wie ein oder zwei Tränen in den trockenen Staub unter dem Walnußbaum fielen und dort kleine Trichter bildeten. Die sahen fast so aus wie die kleinen Fallgruben, die von den Ameisenlöwen, den Larven der Ameisenjungfer, gegraben werden. In jedem Loch steckt eine von den Larven und wartet darauf, daß ein unglückliches Insekt hineinfällt und ihr eine willkommene Mahlzeit liefert.

Gerade wehte eine kleine Brise zu mir hinüber, und ich schnupperte den Duft von gebratenen Kartoffeln. Durch das Küchenfenster sah ich meine Mutter hin und her laufen. Ich wußte, daß sie gleich zum Essen rufen würde.

So hielt ich die Schaukel an und folgte meiner Nase. Am Ziehbrunnen machte ich halt, zog eine Schüssel Wasser hoch und wusch mir Gesicht und Hände. Dann trocknete ich beides mit dem Handtuch ab und kämmte mir mein rotes Haar. Nun drang ich durch den hinteren Eingang in die Küche vor, um festzustellen, ob mich meine „nervi olfactorii“ nicht getäuscht hatten. („Nervus olfactorius“ ist der lateinische Name für den Geruchsnerv. Jeder Junge hat vierzig davon, zwanzig auf jeder Seite. Ohne sie würde uns das Essen nur halb so gut schmecken; aber wenn sie allzusehr gereizt werden, müssen wir niesen.) Ich möchte später einmal Arzt werden, darum interessiere ich mich für alles, was mit dem menschlichen Körper zusammenhängt.

Nach dem Abendessen erledigte ich schnell meine üblichen Hausarbeiten und wusch meine Füße so sauber, wie es einem müden Jungen noch möglich ist. Dann ging ich hinauf in mein Zimmer, um mich in mein behagliches Bett fallen zu lassen.

Da, was war das? War das nicht Hundebellen? Ein kurzes, scharfes Kläffen, wie es ein Hund ausstößt, der einem Eichhörnchen oder einem Waschbären auf der Fährte ist und seinem Herrn zubellt: „Komm schnell! Komm schnell! Kommkomm-schnell-schnell!“

Ich war zu müde, um noch ein ordentliches Abendgebet zustande zu bringen. Aber sicher war Gott der Meinung, daß es besser ist, wenn ein müder Junge den nötigen Schlaf bekommt, als wenn er ein langes Gebet zu formulieren versucht und dazu doch kaum noch fähig ist. Hatte ich doch den ganzen Tag über sehr oft an Gott gedacht und ihm mehrmals meine Kümmernisse gesagt, so, wie es meine Mutter beim Bügeln oder Waschen oder Kuchenbacken oder wenn sie die Küken versorgt auch tut!

Völlig unerwartet wachte ich mitten in der Nacht auf. Ein seltsames, langgezogenes Jaulen hatte mich geweckt. Es klang wie der klagende Schrei eines Kojoten in einer hellen Mondnacht.

Ich saß kerzengerade im Bett, und mein Herz klopfte laut. War es nicht der gleiche helle, kläffende Ton, den ich von Alexander dem Kupferschmied kannte, wenn er nachts mit den Jagdhunden von Schreihals' Vater einem Waschbären auf der Spur war?

Ein kalter Schauer lief über meinen Rücken. Der Ton kam von Norden her, von dort, wo sich das Flußbett, der Sumpf und die krumme Linde befinden.

Ich saß in meinem Bett und lauschte ängstlich und angespannt. Was sollte ich von dem Spektakel halten? Als ich eine ganze Weile nichts mehr hörte, wurde ich schläfrig. „Willi, du spinnst!“ sagte ich zu mir selber. „Alexander der Kupferschmied ist tot, und einen Geisterhund gibt es nicht!“

Gerade wollte ich wieder einschlafen, da hörte ich es zum zweiten Mal. Diesmal schien der klagende, vibrierende Laut aus einer anderen Richtung zu kommen, vom alten Kastanienbaum am Ende unseres langen Gartens her.

Blitzschnell sprang ich aus meinem Bett heraus und spähte in den mondhellen Garten. Aber ich konnte beim besten Willen keinen Vierbeiner entdecken, der zum Mond hinauf jaulte.

Ich kniete vor dem niedrigen Fenster und preßte meine Nase gegen die Scheibe, als ich plötzlich wieder den traurig-schaurigen Ton vernahm. Und jetzt wußte ich es! Es war nicht das Jaulen eines Hundes, sondern der Schrei eines Waldkauzes. Eine Sekunde später erhob sich von einem der Zaunpfosten ein großer dunkler Schatten, der lautlos quer über den Hühnerhof und über Vaters Bienenstand schwebte und dann zwischen den Obstbäumen verschwand.

Ich war nicht nur enttäuscht, sondern richtig böse auf den rostigbraunen Nachtvogel, der mich aus dem Schlaf geschreckt und mir ordentlich Angst eingejagt hatte. Lustig war nur, daß mir dabei auch noch Vaters strikte Mahnung einfiel, nie einen Waldkauz zu töten, denn: „Sie vertilgen Unmengen von Raupen und anderen

Schädlingen und helfen dadurch den Farmern, jährlich viele Dollar zu sparen.“

Als ich wieder in meinem Bett lag, träumte ich, daß meine Mutter einen großen Raupenkuchen backte. Nachdem sie ihn zerschnitten hatte, kamen vierundzwanzig schwarze Vögel, schnappten sich je ein Stück und flogen damit hoch in die Lüfte.

Am nächsten Morgen weckte mich der Duft von gebratenem Schinken und Pfannkuchen, der das Treppenhaus hinaufkroch. Flink rollte ich mich aus meinem Bett, sprang in meine Kleider und wankte, noch halb schlafend, hinunter in die Küche.

Ich wollte unbedingt pünktlich zum Frühstück erscheinen, denn ich wußte, wenn ich es verpaßte, blieb ich bis zum Mittagessen hungrig – und das war mir erst zweimal in meinem jungen Leben passiert. Zum anderen erinnerte ich mich an die Buchengerte auf dem Gewehrständer in unserem Werkzeugschuppen. Ich war der Ansicht, dort sei sie weitaus besser aufgehoben als in der rechten Hand meines Vaters!

Am Frühstückstisch ergriff Mutter plötzlich das Wort: „Ich habe gestern in einer Zeitschrift einen Artikel gelesen, der mir sehr gefallen hat. Ich fand die Idee so gut, daß ich beschloß, unsere Familie könnte sie in diesem Sommer einmal ausprobieren."

„*Du* beschließt, daß *wir* etwas ausführen", entgegnete der Vater und fuhr sich mit der Serviette über seinen rotbraunen Schnurrbart. Ich hatte gerade meine Milch ausgetrunken und schaute ihn über den Rand meines Milchbechers hinweg an.

„Ganz genau, ihr wißt doch längst, daß *ich* die Richtlinien unserer Politik bestimme", erwiderte Mutter mit einem schelmischen Augenzwinkern. Und bevor Vater und Sohn zu Wort kommen konnten, fuhr sie fort: „In dem Artikel steht, daß das Leben heute voller Schwierigkeiten und Streß ist und daß wir alle ab und zu eine Entspannungspause einlegen sollten. Das ist dann so wie bei den Leuten, die in einem Büro oder Betrieb arbeiten und dort eine Kaffeepause bekommen. Die Familie in der Zeitung nennt das ‚eine Pause zum Glücklichsein'. Und das sieht folgendermaßen aus: Einmal am Tag darf sich jedes Familienmitglied eine gewisse freie Zeit nehmen, in der es tun kann, was ihm am meisten Spaß macht."

Vater kam dazu noch ein Gedanke, der nicht in dem Artikel stand. „Ich meine, daß ein Mensch sich noch glücklicher fühlt, wenn er einen anderen Menschen glücklich macht. Ich las neulich einen Satz von dem Dichter Byron. Er schreibt: ‚Wer Freude gewinnen will, muß sie mit jemand teilen, denn das Glück wurde als Zwilling geboren.'"

Mutter nahm einen Schluck Kaffee aus ihrer Tasse und sagte: „Es stimmt, dieser Gedanke fehlt in dem Artikel. Ich glaube, ich schreibe das in einem Leserbrief an die Zeitschrift. Vielleicht liest ihn jemand und entschließt sich, einen anderen Menschen glücklich zu machen."

Eine Weile unterhielten sich meine Eltern über die Begriffe „Glück" und „Glücklichsein". Vater kam zum Schluß auf den Bibelvers zu sprechen, der im sechsten Kapitel des Lukasevangeliums in Vers 38 steht: „Gebt, so wird euch gegeben. Ein volles, gedrücktes, gerütteltes und überfließendes Maß.“ Wir alle wissen, wer dies gesagt hat, nicht wahr?

Ich dachte, jetzt sei die Gelegenheit gekommen, um meine Frage von gestern anzubringen. „Weiß jemand, ob es einen Himmel für Hunde gibt?“

„Wie kommst du auf diese Frage?“ erkundigten sich Vater und Mutter wie aus einem Munde.

„Joachim hat sie mir gestellt“, antwortete ich. „Er kann sich nicht damit abfinden, daß Alexander tot ist. Er hofft, daß seine Seele noch irgendwo weiterlebt.“

Vater versprach mir, in der Bibel nachzuschauen, um eine Antwort auf Joachims Frage zu finden. Die Bibel sei das einzige Buch in der Welt, das die richtigen Antworten auf Fragen nach dem Leben, dem Tod und dem Leben nach dem Tod geben könne. Dann einigten wir uns, daß jeder für sich entscheiden solle, wann er sich im

Laufe des Tages eine ‚Pause zum Glücklichsein' gönnt. Jeder solle dann das tun, was ihm Spaß macht, natürlich ohne die ‚Familiengesetze' zu übertreten oder einem anderen zu schaden.

„Wie meine ‚Pause zum Glücklichsein' aussieht, scheint schon klar zu sein", ließ sich Mutter von der Spüle her vernehmen. „Ich werde wohl diese drei närrischen Hennen aufs Nest setzen müssen, weil sie einfach nicht aufhören, wie wild herumzuglucken."

„He, ist nicht auch Betty Hinkelbein dabei?" wollte ich wissen. Betty Hinkelbein war meine Lieblingshenne, denn ich hatte ihr das Leben gerettet, als sie noch ein kleines Küken war. Eines Tages war ihr Beinchen durch einen Pferdetritt verletzt worden, und Vater wollte sie töten, weil er glaubte, sie würde ohnehin sterben. Ich bat ihn, das Küken gesundpflegen zu dürfen, und siehe da, das Hühnchen kam durch, auch wenn es ein Hinkebein zurückbehielt. Da rannte nun Betty Hinkelbein mit den anderen beiden Hennen hin und her, von einem Ende des Pferchs zum anderen, mit aufgeplustertem Federkleid und einem herzerweichenden „Gluck-gluck-gluck". Ihr einziger Wunsch schien zu sein, eine Schar piepsender kleiner Küken um sich zu sammeln.

„Meine ‚Pause zum Glücklichsein' wird darin bestehen, das Dach des Schweinestalls zu reparieren", erklärte Vater. „Wir können doch nicht riskieren, daß unsere gute alte Adele mit ihren sieben Ferkeln naß wird."

Ich ließ fast den Teller fallen, den ich gerade zum Abtrocknen in der Hand hielt. „Dann hat Adele also schon geworfen", rief ich zu Vater gewandt, der gerade am Brunnen einen Eimer voll Wasser pumpte, um damit den Schweinetrog zu füllen.

„So ist es. Ich wollte es dir beim Frühstück erzählen, aber als wir dann über das Thema ‚Glücklichsein' sprachen, bin ich nicht mehr dazu gekommen."

Ja, so begann unser Tag – ein Tag, der einer der bedeutendsten Tage in der Geschichte des Glücks werden sollte.

3

An jenem Tag schien mein Glück aus Drillingen zu bestehen. Einmal machte ich meinen Vater glücklich, indem ich ihm half, das Dach des Schweinestalls zu reparieren. Damit machte ich gleichzeitig Adele und ihre sieben kleinen Ferkel glücklich. Wenn der nächste Regen kam, würden sie kein unfreiwilliges Duschbad mehr zu befürchten haben.

„Nun bin ich gespannt, wann meine eigene ‚Pause zum Glücklichsein' kommt", sagte ich zu Vater, als die letzte Schindel ihren Platz auf dem Dach des Schweinestalls gefunden hatte.

„Wie wär's, wenn du jetzt gleich noch die südliche Wiese von dem lästigen Lö wenzahn und dem Sauerampfer befreien würdest?"

„Aha, das verstehst du unter ‚Glücklichsein'", gab ich zur Antwort und ließ meinen Hammer mit einem lauten „Wumm“ gegen den Firstbalken des Schweinestalls sausen.

„Oh, ich dachte nur, du würdest dir vielleicht gern etwas verdienen; ich biete einen Cent pro Löwenzahnpflanze und zwei Cent pro Sauerampfer. Auf diese Weise könntest du die neue Angelschnur finanzieren, die du dir gewünscht hast. Beim Ausgraben der Unkrautwurzeln wirst du sicher auch eine Menge Angelwürmer finden.“ So war mindestens die Hälfte meines letzten Glücksdrillings auch wieder Arbeit statt Vergnügen. Gut zwei Stunden verbrachte ich mit dem Ausstechen von Löwenzahn und Sauerampfer, und dabei fiel nur eine knappe Blechdose voll Regenwürmer ab. In weniger als zehn Minuten hätte ich die gleiche Menge Würmer gefunden, wenn ich an einer bestimmten Stelle hinter unserer Scheune gegraben hätte.

Nachdem ich auf der südlichen Wiese siebenunddreißig Löwenzahn beseitigt hatte, kam ich auf die Idee, auch noch weitere Unkräuter auszugraben, die dort wuchsen. Vielleicht würde mir mein Vater zwei oder drei Cent pro Stück bezahlen, und ich könnte mir auch noch eine neue Angelrute kaufen. So rückte ich nun auch Quecken, Kornraden, Fuchsschwänzen, Disteln, Brennesseln und Hederich zu Leibe.

Stolz schaffte ich die ganzen Unkräuter in den Scheunenhof zum Trocknen, damit Vater sie später verbrennen konnte.

Dieser arbeitsreiche Vormittag brachte mir fünfundsechzig Regenwürmer, siebenunddreißig Cent für den Löwenzahn und achtzig Cent für den Sauerampfer ein. Für die Fuchsschwänze und Disteln und übrigen Unkräuter bekam ich nichts.

„Du bist ein super Unkrautvertilger", sagte Vater, „ich wußte gar nicht, daß solch ein Talent in dir schlummerte. Aber ich habe nicht die Absicht, einen Goldgräber aus dir zu machen." Freundlich lächelnd zog er seine Brieftasche heraus und überreichte mir zwei Dollarnoten.

„Aber du sagtest doch, daß ich nur für den Löwenzahn und den Sauerampfer entlohnt würde!"

„Stimmt", meinte Vater grinsend und mit einem Augenzwinkern, „den Rest steckst du dir als Trinkgeld ein. Jetzt wollen wir zum Mittagessen gehen, und danach brauchst du nicht beim Abwasch zu helfen, sondern kannst gleich deine ‚Pause zum Glücklichsein' antreten."

„Oh prima!" antwortete ich und wollte zum Ziehbrunnen laufen, um mir Hände und Gesicht zu waschen. Doch mein Vater hielt mich fest.

„Einen Augenblick noch, Willi."

Er legte beide Hände auf meine Schultern und schaute mir in die Augen. „Wenn du es im Leben zu etwas bringen willst, mußt du fleißig sein. Ein guter Arbeiter ist immer gefragt." Nach einer kurzen Pause fuhr er fort: „Was du tust, tue gewissenhaft, leiste immer gute Arbeit, und sei bestrebt, immer etwas mehr zu tun, als gerade verlangt wird."

„Tue ich das nicht?"

„Du hast dich sehr gebessert, Willi. Mutter und ich sind stolz auf dich. Mach weiter so!"

Ich war so glücklich, als hätte ich statt zwei Dollar eine Million Dollar bekommen. Ich vollführte einen Freudentanz um Vater herum und rannte dann wie ein Wirbelwind zur Küche, um vielleicht Mutter noch etwas helfen zu können. In diesem Augenblick wußte ich, daß ich in keine andere Familie als die Collins-Familie hätte hineingeboren werden wollen.

Knapp eine Woche später erntete ich erneut ein dickes Lob von Vater. Er und ich standen vor der riesigen Clematisranke, die vom Boden bis zur Dachrinne des Werkzeugschuppens hinaufgeklettert war. Jeden Morgen schien sie mehr Blüten zu haben als am Tag zuvor. Bis jetzt hatten wir siebenundsiebzig Blüten gezählt. Gestern war es sehr heiß, in der Nacht hatte es leicht geregnet, und heute schien die Sonne wieder. Die eine Seite des Werkzeugschuppens war ein einziges blaues Blütenmeer.

„... achtundneunzig, neunundneunzig, hundert, hunderteins ...", zählte Vater. Ich wartete, bis er zu Ende gezählt hatte und mich fragen würde, wieviel ich gezählt hätte. Ich war auf einhundertdreizehn Blüten gekommen.

Vater kam auf einhundertsieben, was schon eine gute Leistung für einen Vater ist. Dann drehte er sich zu mir herum, faßte mich bei meinen Schultern, schaute mir in die Augen und sagte: „‚Erster und schlimmster Sohn!' Kannst du vor dem Frühstück schon ein Lob vertragen?"

„Wenn es nicht zu lange dauert", erwiderte ich, denn meine Nase schnupperte schon den Duft von Würstchen und Pfannkuchen, der von der Küche herüberwehte.

„Ich wollte dir nur sagen ...", begann Vater und räusperte sich erst einmal. Anscheinend brauchte er eine klare Stimme für das, was er jetzt sagen wollte. „Mutter und ich sind dir sehr dankbar, daß du dich immer wieder so selbstverständlich und liebevoll um deine kleine Schwester kümmerst. Wir schätzen das sehr hoch ein. Übrigens, wir sollten Mutter auch hin und wieder wissen lassen, wie dankbar wir für alles sind, was sie für uns tut. Es ist nicht leicht, die ganze Hausarbeit zu erledigen, zu kochen, die Hühner zu füttern und dafür zu sorgen, daß ihre Männer immer frische Hemden anzuziehen haben. Wir müssen sie wirklich mehr unterstützen, damit sie es ein bißchen leichter hat, und darauf achten, daß sie auch mal eine Abwechslung bekommt. Vielleicht haben wir bisher zu wenig daran gedacht."

„Einverstanden!" antwortete ich. Gleichzeitig hatte ich den Verdacht, daß noch etwas anderes hinter Vaters Rede stecken müßte.

„Du und Mutter, ihr wollt wahrscheinlich heute nachmittag in die Stadt oder sonst irgendwohin fahren, und ich soll währenddessen auf meine kleine Schwester aufpassen", kam ich Vater zuvor.

„Das hast du gut herausgefunden, Junge", erwiderte Vater. „Außerdem kommt meine Schwester aus Memory City heute zu uns. Sie hält dich für einen aufmerksamen, hilfsbereiten Jungen und ..."

„Kommt Wally auch mit?" fragte ich. Wally war mein Vetter. Doch obwohl er in meinem Alter war, hatte ich immer Mühe, gut mit ihm auszukommen. Ihm hatte Alexander der Kupferschmied gehört, der im Kampf mit der Wildkatze sein Leben lassen mußte.

„Nein, meine Schwester kommt allein", erklärte Vater. „Wally und sein Vater besuchen eine Ausstellung, und deine ‚rote Tante', wie du sie nennst, kommt ohne ihr Wissen zu uns, um mit uns über Wallys merkwürdiges Verhalten seit Alexanders Tod zu sprechen."

In diesem Augenblick ertönte von der Küche her das Glockenzeichen, mit dem uns Mutter rief, wenn das Essen fertig war oder wenn sie jemand von uns brauchte. Auf dem Weg zur Küche drehte ich mich noch einmal zu Vater um und sagte: „Du kannst auf mich zählen – wenn du überhaupt zählen kannst. Es waren einhundertdreizehn Clematisblüten und nicht einhundertsieben."

Weil meine „rote Tante" sich heute früh angemeldet hatte, war das ganze Haus blitzblank sauber. Das Geschirr war gespült, die Betten waren gemacht, alles war tipptopp.

Unter Mutters Anleitung führten Vater und ich noch ein paar letzte Handgriffe aus, und etwa vierzig Minuten später traf meine „rote Tante“ ein. Sie hatte ein langes Gespräch mit meinen Eltern in unserem Wohnzimmer, während ich meine kleine Schwester ruhig zu halten hatte. Eine sehr anstrengende Angelegenheit!

Als ich einmal kurz in die Küche ging, um ein paar Kekse für Annelotte zu holen – und auch ein paar für mich, damit ich ihr beim Essen Gesellschaft leisten konnte – hörte ich durch die halboffene Wohnzimmertür die besorgte Stimme meiner Tante: „Ich wünschte, ich würde mich so gut in der Bibel auskennen wie mein Bruder Theodor. Ich sehe immer mehr ein, daß ich das brauche. Ich schätze es sehr hoch, wie ihr eure Kinder erzieht. Wally lebt dagegen wie ein Heide. Ich wünschte, er würde auch die Sonntagsschule und die Gottesdienste besuchen. Seit dem Tod von Alexander ist er sehr bitter. Er kann es einfach nicht verstehen, warum er sterben mußte."

Einige Minuten lang schien niemand etwas zu sagen. Ich weiß nicht mehr genau, wie es geschah, aber plötzlich stand ich mitten im Zimmer und sagte: „Er starb, um das Leben des kleinen Joachim zu retten – so ähnlich wie es der Heiland auch tat ..." Dann stockte ich. „... als er vor zweitausend Jahren für alle Menschen am Kreuz starb", brachte ich nicht mehr heraus.

Meine „rote Tante" schaute mich mit Tränen in den Augen an. Dann lächelte sie und sagte: „Danke, Willi. Ganz herzlichen Dank. Das ist eine große Hilfe." Ich verließ das Zimmer und brachte Annelotte ihre Kekse.

Gleich nach dem Mittagessen brach meine „rote Tante" wieder auf, um vor der Rückkehr ihrer Männer zu Hause zu sein. Wir verabschiedeten sie draußen an unserer Hofeinfahrt. Ich stand neben Theodor Collins, meinem „ersten und schlimmsten" Vater, der zu mir sagte: „Der Arzt meint, daß es Wally helfen würde, wenn man ihm einen ähnlichen Hund wie Alexander besorgen könnte. Aber woher sollen wir solch einen Hund nehmen?"

Darauf wußte ich auch keine Antwort. Nie wieder würde es einen solchen Hund geben wie Alexander – nie, nie, nie!

Vater hatte seiner Schwester vorgeschlagen, auf dem Nachhauseweg bei dem Hundeheim vorbeizufahren und dort einen kleinen, zotteligen Hund auszusuchen.

„Das klappt nicht. Er möchte nur einen so übermütigen, fröhlichen Hund, wie Alexander es war – nicht so ein zahmes Schoßhündchen", hatte meine Tante traurig geantwortet. Schließlich fügte sie noch hinzu: „Betet für mich, daß mir all die vielen Schwierigkeiten und Sorgen nicht über den Kopf wachsen."

Vater überlegte einen Augenblick, dann sagte er: „Schwierigkeiten können zu unserem Besten dienen; es kommt darauf an, was wir aus ihnen machen. Ich denke da an einen Mann in einem fernen Land. Er war ohne Arbeit, hungrig und voller Heimweh.

Seine Schwierigkeiten brachten ihn dazu, daß er sich schleunigst auf den Weg nach Hause machte. Noch ehe er zu Hause ankam, sah ihn sein Vater, lief ihm entgegen, fiel ihm um den Hals, küßte ihn und bereitete ihm einen königlichen Empfang."

Meine Tante schluckte ein paarmal, dann sagte sie leise: „Es gibt nicht nur verlorene Söhne, sondern auch verlorene Töchter. Auch ich möchte mich aufmachen und ins Vaterhaus zurückkehren. Wollt ihr mir dabei helfen?"

Mein Vater nahm sein Neues Testament heraus, das er immer bei sich trug, und las laut den Vers vor: „Wer zu mir kommt, den werde ich nicht hinausstoßen." Dann hatten wir draußen auf dem Hof eine Gebetsgemeinschaft – Tante Lilian, meine Eltern, Annelotte und ich. Während Vater betete, platzte Annelotte plötzlich dazwischen und rief mit weinerlicher Stimme: „Annelotte will auf den Arm!"

Meine Mutter nahm sie hoch, und Vater fuhr fort: „... und lieber Herr, segne auch Wally. Hilf ihm, daß er sich wieder freuen kann. Und gib Lilian die Gewißheit, daß du dich um sie kümmerst. Laß sie es lernen, dich immer an die erste Stelle zu setzen. Bewahre sie jetzt auf der Heimfahrt nach Memory City."

Dann schloß sich Tante Lilian mit einem kurzen Gebet an. Sie mußte zwischendurch immer wieder weinen, aber einen Satz habe ich behalten: „Danke, lieber himmlischer Vater, daß du mich wieder zu dir zurückgebracht hast. Ich fühlte mich so elend in dem fernen Land."

„Ich lerne deine Schwester von Mal zu Mal mehr schätzen", sagte Mutter zu Vater, nachdem Tante Lilian abgefahren war. „Ich glaube, ich habe in eine sehr nette Familie hineingeheiratet."

„Bezieht sich das ‚nett' auch auf den rotbärtigen Bruder deiner Schwägerin?" fragte Vater verschmitzt zurück.

„Auf den ganz besonders", sagte Mutter, indem sie sich bei Vater unterhakte und mit ihm zum Wohnhaus zurückging.

Im gleichen Augenblick faßte Annelottes kleines Händchen meine Hand, und

Hand in Hand spazierten wir beide hinter den Eltern her. „Du und ich, wir sind in eine sehr nette Familie hineingeboren worden“, sagte ich. Dabei beugte ich mich zu Annelotte hinunter und blickte in ihre leuchtenden Augen. Unterdessen hatte sich Mixy, unsere Hauskatze, zu uns gesellt, so als wollte sie sagen: „Ich gehöre auch dazu.“

Am Abendbrottisch erzählte Mutter: „Frau Gilbert hat heute nachmittag angerufen. Sie behauptet, sie habe letzte Nacht einen Gegenstand über den Hof der Thompsons fliegen sehen. Die arme Frau ist wirklich zu bedauern!“

Mutter hätte das besser nicht erzählt, denn ich schlief ziemlich schlecht in dieser Nacht. Ich wachte ein- oder zweimal auf, ging ans Fenster und spähte angestrengt hinaus. Vielleicht würde ich eine „Fliegende Untertasse“ entdecken! Dann hätte ich auch so etwas Aufregendes zu erzählen wie Länglichs Mutter.

Aber nicht einmal das leiseste Lüftchen regte sich. Keine einzige Wolke war am

Himmel zu sehen, nur eine unzählbare Menge von blinkenden Sternen und die blaßschimmernde Milchstraße.

Bevor ich wieder einschlief, dachte ich an meinen unglücklichen Vetter Wally. Ich wünschte, irgend etwas würde passieren, damit er wieder froh würde. Schließlich konnte er nichts dafür, daß er in der Stadt wohnte und keine Geschwister hatte. Er hatte nur seinen kleinen Hund gehabt, mit dem er spielen konnte. Ich hatte Annelotte und meine Bande, und alle Tiere in meiner Umgebung waren meine Freunde. Nie war ich einsam. Wenn ich auch manchmal stöhnte, weil ich auf unserem Hof sehr viel mithelfen mußte, so hatte ich doch niemals Langeweile.

Ich wünschte, meiner Tante würde es gelingen, Wally mit in die Gottesdienste zu nehmen. Dort würde er hören, daß Gott ihn liebhat, und vielleicht würde dann seine Bitterkeit gegen ihn vergehen.

Die nächsten Tage und Wochen vergingen, ohne daß sich etwas Außergewöhnliches ereignete. Jede Woche kam ein Brief von Wallys Mutter an, in dem sie uns schrieb, daß Wally immer noch sehr verstört sei und sich für keinen Ersatzhund begeistern könne.

Eine andere Sache versetzte mich zunehmend in Aufregung. Die Zeitungen berichteten laufend von Leuten, die in verschiedenen Teilen des Landes nachts irgendwelche seltsamen Flugkörper beobachtet haben wollten. In unserer allernächsten Nachbarschaft behauptete Länglichs Mutter nach wie vor, daß sie merkwürdige Dinge am Himmel wahrgenommen hätte. Sogar ihr Sohn schien schon davon angesteckt zu sein.

Es war nun einen Monat her, seit wir Alexander begraben hatten, und heute wollte die ganze Bande Joachim zu dem kleinen Hundefriedhof begleiten. Es war ein sehr heißer Tag, wie ihr schon wißt. Da ich nach einem üppigen Mittagessen immer sehr schläfrig bin, lag ich an jenem Nachmittag faul und träge unter der dicken Buche, als ein neues Abenteuer begann.

Dichterling war plötzlich mein neues

kurzärmeliges Hemd aufgefallen. „Mann, siehst du cool aus! Woher hast du diesen feschen Stadtfrack?“

„Du bist doch wohl nicht neidisch?“ rief ich zurück.

Plötzlich hörte ich einen langgezogenen, hellen, vibrierenden Ton. Es klang wie ein Paarungsruf eines Seetauchermännchens, der von jenseits des Sees kam.

Ein paar Augenblicke später ertönte der gleiche Ruf. Diesmal kam er aus dem Dikkicht der jungen Ulmen. Jetzt wußte ich es. „Das ist Schreihals“, rief ich aus. Und richtig – dort hinten erblickte ich Schreihals, unseren Akrobaten, in der Spitze einer jungen Ulme. Er schaukelte ein paarmal kräftig hin und her und landete dann mit einem großen Satz auf dem weichen Waldboden.

Kurz darauf hörte ich wieder einen langgezogenen, klagenden Laut. Er schien aus zwei verschiedenen Richtungen zu kommen. Diesmal war es nicht Schreihals. Was mochte es bloß sein? Auf einmal war ich hellwach.

4

Wir drei standen unter der schattigen Buche und schauten uns verwirrt an. Angespannt lauschten wir nach allen Richtungen. War das wirklich das Heulen eines Hundes gewesen, oder hatten wir uns nur etwas eingebildet? Und wenn da wirklich ein Hund gejault hatte, war es ein richtiger Hund oder vielleicht nur der Geist eines Hundes?

Aber soviel wir uns auch anstrengten, im Augenblick hörten wir nur das Summen von siebenhundert Bienen in der nahen Linde, die über und über mit gelben, honigduftenden Blüten besät war. In dieses Summen mischte sich das lebhafte Plätschern der munteren Quelle und aus der Ferne das heisere Krächzen einer Krähe.

Ein wenig später ertönte das melancholische „Gruu-u-gruu-u“ einer Wildtaube und das rauhe, kratzende „Koau-koau-

koau-kuk-kuk“ einer Regenkrähe von den Bäumen am Flußufer zu uns herüber. Man sagt, daß die Regenkrähe immer vor oder nach einem Regen zu hören ist.

„Ich glaube, das war es, was wir gehört haben, und nicht das Jaulen eines Hundes“, sagte Dichterling verstimmt. „Wir alle wissen, daß es Alexander der Kupferschmied nicht gewesen sein kann, denn tote Hunde bellen nicht mehr, und so etwas wie einen Geisterhund gibt es nicht.“

Enttäuscht mußten wir uns eingestehen, daß wir uns von einem Duett der Natur, bestehend aus einer gurrenden Wildtaube und einer krächzenden Regenkrähe, hatten hereinlegen lassen.

Noch immer waren nicht alle Mitglieder unserer Bande eingetroffen. Jetzt ertönte wieder von den hohen Bäumen her, die am Flußufer wuchsen, das einsame „Gruu-u-gruu-u“ und das heisere „Koau-koau“. Das Gemisch der beiden Stimmen hörte sich wirklich an wie das Jaulen eines aufgebrachten Hundes. Ein klein wenig später wurde aus dem Duett sogar ein Trio, denn der helle Ruf einer Rabenkrähe gesellte sich noch dazu. Die Wildtaube gurrte den Sopran, die Regenkrähe krächzte den Alt, und die Rabenkrähe schrillte den hellen Tenor.

Vielleicht war unsere Enttäuschung deswegen so groß, weil wir alle darauf aus waren, wieder einmal etwas Aufregendes zu erleben. Im Augenblick fühlten wir uns so, als ob jemand eine riesengroße Seifenblase aufgeblasen hätte, die dann plötzlich vor unseren Augen zerplatzte. Fast konnten wir noch die nassen Spritzer in unseren Gesichtern spüren.

Dichterling nahm wieder seine Zeitung zur Hand, um darin zu lesen – ich habe euch ja bereits im ersten Kapitel dieser Geschichte von seiner Lektüre berichtet. Ich versuchte, mein Mittagsschläfchen fortzusetzen, und Schreihals übte sich ein paarmal im Radschlagen. Dann streckte er sich neben mir im Gras aus.

„Wollt ihr das Neueste aus unserer Gegend erfahren?“ fragte Dichterling mit quakender Stimme. Ohne unsere Reaktion abzuwarten, begann er aus den Lokalnachrichten vorzulesen. (Den Lokalteil liest meine Mutter auch immer zuerst.)

„Senator Paddler brach am Freitag zu seinem Jahresurlaub nach Kalifornien auf ... Verschiedene Leute haben wieder merkwürdige, farbigleuchtende Objekte über dem Sumpfgebiet in der Nähe der Paddler-Hütte beobachtet. Ein Flugkörper, ähnlich einer großen Untertasse, wurde über der Zuckerbachhöhle gesehen. Er flog ein paarmal im Kreis, verharrte dann drei Minuten lang an derselben Stelle und verschwand danach am nächtlichen Himmel. Jemand, der schon lange in unserer Gegend wohnt, entdeckte ein UFO am östlichen Himmel, als er am Sonntag abend gegen zweiundzwanzig Uhr über die Zuckerbachbrücke fuhr. Er rief sofort bei der Redaktion unserer Zeitung an. So etwas kann man wohl erst dann im Lokalteil einer Zeitung bringen, wenn das Erscheinen von Besuchern aus dem Weltraum allgemein als ernst zu nehmende Möglichkeit gilt! Halten sie also davon, was Sie wollen! Am

Schluß noch eine Frage: Haben Sie, lieber Leser, kürzlich ein neues UFO gesehen, vielleicht in Form eines fliegenden Autos, eines fliegenden Wohnwagens oder einer fliegenden Schildkröte – oder etwa kleine grüne Männchen mit kleinen grünen Hüten?"

Ich war zu schläfrig, um mich zu diesem Zeitungsbericht zu äußern, obwohl mir der spöttische, bissige Ton mißfiel. Ich vermutete nämlich, daß Länglichs Mutter diejenige war, die den Reporter angerufen hatte. Insgeheim wünschte sich nicht nur Länglich, einmal ein richtiges UFO zu sehen, sondern wir alle wünschten es uns. Auch wenn wir Länglich wegen seiner Vorstellungen oft aufzogen, so würden wir doch im Ernstfall jederzeit für ihn eintreten. Genauso wie ich jederzeit für meine Schwester Annelotte kämpfen würde, auch wenn wir uns manchmal ganz schön in der Wolle hatten. Es hätte keiner wagen dürfen, sie zu beschimpfen oder sich ihr gegenüber auch nur ein Zehntel so schlecht zu benehmen, wie ich es manchmal tat.

Der Rest der Bande ließ immer noch auf sich warten, und so schlummerte ich wieder sanft ein. Da riß Dichterlings Stimme mich erneut aus meiner Traumwelt. Er zitierte laut einen Vers, den sicher jeder Junge und jedes Mädel auswendig kennt: „Geh hin zur Ameise, du Fauler, sieh an ihr Tun, und lerne von ihr!“

„Geh du zuerst einmal hin“, knurrte ich und hatte mich gerade auf die andere Seite gedreht, als ich das Knirschen von Schritten hörte, die sich eilig näherten.

Als ich meine Augen öffnete, sah ich unseren kleinen Freund Joachim herantraben. In der Hand trug er seinen gestreiften Eschenstab. Mit seinem Pfadfindermesser hatte er die graue Rinde streifenweise abgeschält und so das auffällige grau-weiße Muster erhalten. Joachim hatte diesen Stock fast immer bei sich. Einige Male hatte er damit schon eine Schlange getötet es gibt verschiedene Arten von Schlangen in unserer Gegend, besonders in der Nähe des Flusses und in dem Sumpfgebiet. Er holte sich damit auch manchen Apfel vom Baum oder stocherte in einem Hummelnest herum. Dann mußte man allerdings schnellstens Reißaus nehmen, um von siebenunddreißig wütenden schwarzgelben Angreifern nicht gestochen zu werden.

Immer wenn ich eine Hummel sehe, fällt mir der Nachmittag ein, an dem unsere Bande mit einer rauflustigen Stadtbande auf dem Erdbeerhügel kämpfte. Bei diesem Kampf waren wir plötzlich in die Nähe eines Hummelnestes geraten – und das brachte ihn in kürzester Zeit zu Ende. Auch fällt mir immer sofort Vaters Gebot ein, nie eine Hummel zu töten, weil Hummeln für den Farmer sehr nützlich sind. Sie bestäuben den roten Klee, der nur durch Insekten mit einem extralangen Rüssel bestäubt werden kann.

Inzwischen hatte sich Joachim zwischen Dichterling und mich auf den Boden fallen lassen. Meine „olfactorius“-Nerven meldeten mir den Duft von wohlriechenden Blumen. „Wo hast du die denn gefunden?“ fragte ich Joachim. „Unter den Papayabäumen. Ich habe sie für Alexanders Grab gepflückt."

Joachim hatte für den Strauß sogar ein Glasgefäß mit Wasser mitgebracht.

Kurz darauf war wieder das Knirschen von Schritten zu hören. Ein langes Niesen verriet uns Länglichs Ankunft. Alle Jahre wieder wurde Länglich während der Grasblüte von einem lästigen Heuschnupfen geplagt. Eine Sekunde später ertönte das laute „Gruu-u-gruu-u" der Wildtaube und fast gleichzeitig das heisere, krächzende „Koau-koau-koau-kuk-kuk" der Regenkrähe.

Länglich rief ganz aufgeregt aus: „Jungs, hört ihrs auch? Es ist Alexander der Kupferschmied! Er ist wieder lebendig! Meine Mutter hat ihn letzte Nacht auch gehört!"

Ich schaute meinen aufgeregten Freund mit der markanten Nase und den Froschaugen zweifelnd an und sagte: „Tote Hunde werden nicht wieder lebendig. Was du gerade gehört hast, war das Duett einer Wildtaube und einer Regenkrähe und nicht das

Jaulen eines toten Hundes. Hast du schon einmal einen Hund hoch oben in zwei verschiedenen Bäumen bellen hören?“

„Meine Mutter hat ihn aber letzte Nacht vom Sumpf her bellen gehört, zwischen unserem Maisfeld und dem Badeweiher. Sie hat ihn ganz bestimmt gehört!“

„Woher willst du das so genau wissen?“ fragte Schreihals zurück. Länglich schaute ihn mit unbeweglicher Miene an: „Weil meine Mutter an ‚Insomnie‘ leidet. Sie liegt fast die ganze Nacht wach, und es entgeht ihr kein Geräusch in der ganzen Umgebung.“

„An was leidet deine Mutter?“ quakte Dichterling. „An ‚Insomnie‘!“ Länglich war offensichtlich stolz darauf, daß seine Mutter an etwas litt, was die Mütter der anderen Bandenmitglieder nicht hatten, und buchstabierte laut: „I-N-S-O-M-N-I-E.“

„Na ja“, sagte Dichterling spöttisch, „das erklärt so einiges. Jemand, der Insomnie hat, kann sich vieles einbilden.“

Das war Länglich zu viel. Wütend stürzte er sich auf Dichterling und bearbeitete ihn mit seinen Fäusten. Was man Länglich nicht übelnehmen kann, denn jeder Junge würde wohl ähnlich reagieren, wenn ein anderer Junge sich erlaubte, seine Mutter zu beleidigen!

Im Handumdrehen war ein erbitterter Boxkampf im Gange. Länglich trommelte wie wild mit seinen knochigen Fäusten auf Dichterlings pummeliger Figur herum und versetzte ihm gezielte Schläge auf alle möglichen Körperteile. Klatsch-wumm-wumm-zack-zack.

Der Kampf war noch in seiner heißen Phase, als plötzlich Jürgen auftauchte. „Was ist denn hier los?" Mit diesen Worten faßte er beide Jungen am Kragen und zerrte sie auseinander.

„Er hat meine Mutter beschimpft", schnaufte Länglich und versuchte sich loszureißen, um Dichterling einen weiteren Hieb zu versetzen.

Jürgen hinderte ihn aber daran und erklärte ruhig: „Wenn ihr richtig kämpfen wollt, dann setzen wir einen Zeitpunkt fest und besorgen für jeden ein Paar Boxhandschuhe. Und dann wird der Kampf nach den Regeln des Marquis von Queensberry ausgetragen."

„Was ist denn das schon wieder?" fragte Länglich.

Dichterling, der mehr Bücher las als wir alle zusammen, sprudelte sofort los: „Hört zu! Im neunzehnten Jahrhundert hat einmal ein englischer Markgraf, der Marquis von Queensberry, zusammen mit einem Boxer namens John Sholto Douglas zwölf spezielle Boxregeln festgelegt und aufgeschrieben. Von da an wurde nicht mehr mit der blanken Faust geboxt, sondern mit Handschuhen, und jede Runde wurde auf drei Minuten begrenzt. Genügt das? Wenn nicht ..."

Dichterling war mit einemmal wieder obenauf, weil er Länglich und uns anderen mitteilen konnte, was er wahrscheinlich kürzlich in einem Lexikon gelesen hatte. Aber nun verratet mir doch endlich, warum ihr beiden euch in die Wolle geraten seid!" Jürgen ließ nicht locker.

Joachim begann, die Sache zu schildern,

wurde aber immer wieder von den anderen unterbrochen. Erst als Jürgen die Bande zur Ordnung rief, konnte Joachim zu Ende erzählen.

„Hört einmal her, Jungs, die Sache ist doch eigentlich ganz einfach“, sagte Jürgen nach kurzem Nachdenken. „Sollte es wahr sein, daß Alexander lebt und sich nachts unten am Fluß oder im Moor herumtreibt, dann kann Länglichs Mutter ihn wirklich gehört haben. Also, ihr beiden, werdet wieder Freunde. Wir werden jetzt zum Hundefriedhof aufbrechen und uns dort gründlich umsehen. Übrigens habe ich selber letzte Nacht einen Hund kläffen gehört. Es schallte entweder von dem Eingang der Höhle oder aus dem Moor herüber.“

Stell dir vor, du kannst irgend etwas einfach nicht glauben. Wenn nun einer deiner besten Freunde es plötzlich doch für wahr hält – wer fällt dann nicht um und glaubt am Ende selbst daran?

„Du sagst das doch nicht bloß, damit Länglich sich nicht wie ein doofes Schaf vorkommt?“ flüsterte ich Jürgen zu. Niemand sonst sollte es hören.

Jürgen zog seine Augenbrauen hoch und deutete mit dem Kopf kaum merklich zu Länglich hinüber.

Weil ich wußte, daß Schreihals’ Vater drei Jagdhunde hatte, die nachts öfters zu hören waren, wendete ich mich an Schreihals und fragte ihn: „Ist einer von euren Hunden gestern nacht vielleicht aus dem Zwinger ausgebrochen?“

Schreihals schüttelte den Kopf: „Nein, nicht einmal Sally. „Sally war eine prachtvolle Hündin und hatte eine hervorragende Spürnase. Solange sie einem Waschbären oder einer Beutelratte oder einem Stinktier auf der Fährte war, gab sie keinen Laut von sich. Erst wenn sie deren Schlupfwinkel ausfindig gemacht hatte, bellte sie laut los.

Jürgen schaute mich an. Seine unbewegliche Miene gab mir sein Mißfallen zu verstehen. Er fand es nicht gut, daß ich ihm nicht glaubte. Aber in Wirklichkeit glaubte ich ja eher ihm als mir.

„Okay“, sagte er fest, „wir marschieren jetzt zu Alexanders Grab und sehen nach, ob dort noch alles in Ordnung ist.“

„Ich wette, es ist ein Loch an der Stelle, wo wir ihn begraben haben“, sagte Länglich.

Ich blickte zu Joachim hinüber, aber der sah nicht so aus, als hätte er irgendwelche Befürchtungen. Seinen Eschenstab aber hielt er mit beiden Händen fest umfaßt, so, als wollte er jederzeit in der Lage sein, ihn zu benutzen, wenn es nötig wurde.

Bevor wir auf irgend etwas Neues verfallen konnte, stürmte Jürgen los und rief uns zu: „Kommt, Jungs! Auf geht's!“

Sechs Paar nackte Jungenfüße rannten voreinander, hintereinander, durcheinander in wilder Jagd in Richtung Platane, Höhle und Sumpf.

Was gibt es Schöneres für einen richtigen Jungen, als den weichen, grünen oder manchmal auch sonnenbraunen Grasboden unter seinen nackten Füßen zu spüren! Besonderen Spaß macht es, wenn man zusammen mit seinen besten Freunden durch den Wald rennt; hier muß man einer Wurzel ausweichen, dort sich tief bücken, dann wieder muß man aufpassen, daß ein Ast, den man zur Seite biegt, nicht dem nachfolgenden Kameraden ins Gesicht peitscht. Und wer weiß, ob man nicht einem neuen, aufregenden und vielleicht gefährlichen Abenteuer entgegenläuft!

Was würde uns wohl bei dem Spukhaus und auf dem kleinen Hundefriedhof erwarten – dort, wo wir vor genau einem Monat unter dem Holunderbusch den größten Hundehelden der Zuckerbachgeschichte begraben haben?

5

In kürzester Zeit erreichten wir die Eisenbahnschienen, die am Westrand des Waldes vorbeiführen. Einige von uns sprangen über die Einzäunung, die anderen krochen darunter durch, gerade so, wie es für jeden am schnellsten ging. Nun ein kurzes Stück über Schotter hinweg und dann auf der anderen Seite einen kleinen Hang hinauf! Noch einmal mußten wir einen Eisenbahnzaun überwinden. Dann führte unser Weg am Rand der Schlucht entlang, bis ein stark abschüssiger Pfad zu einem Seitenfluß des Zuckerbaches hinunterlief.

Alle anderen waren schon am gegenüberliegenden Ufer des kleinen Nebenflusses – nur ich nicht. Denn ich hatte die Mahnung meiner Mutter im Ohr, doch ja auf meine neuen Blue jeans aufzupassen. Also beschloß ich, ein Stückchen weiter oben die schmale Holzbrücke zu benutzen. Ich hatte meine Augen gerade bei dem kleinen Joachim, der an einer schmalen Stelle über das Wasser gesprungen war und nun mühsam versuchte, das Ufer hinaufzuklettern, da rutschte ich an einer glitschigen Stelle der nassen Brücke aus und klatschte in das sechzig Zentimeter tiefe Wasser. Es war bestimmt das nasseste Wasser, in dem die neuen Blue jeans eines Jungen landen konnten.

Die Bande lief bereits auf dem kleinen Fußweg, der zur Platane führt. Völlig durchnäßt kletterte ich die Uferböschung hoch und rannte hinter den anderen her.

Kaum acht Minuten später kamen wir zu einer Weggabelung: rechts ging es zur Platane und zur Höhle und links zu dem Anwesen, das Dichterlings Eltern gehörte. Einen Augenblick blieben alle stehen, um zu verschnaufen.

„Laßt uns der alten ‚Miss Piggy' und ihrer Familie eben guten Tag sagen. Sie ist immerhin die populärste Sau der ganzen Gegend, seit ihr Foto in der Zeitung war", sagte Dichterling stolz.

Um unserem wohlgenährten Freund nicht den Spaß zu verderben, bogen wir nach links ab und kamen zu der ausgehöhlten Platane, die am Eingang der Höhle steht. Wenn sie zufällig nebeneinander gewachsen wären, hätte man ein riesenhaftes Baum-Zwillingspaar bewundern können.

Jeder, der Länglichs Gesicht beobachtete, hätte gewußt, daß wir nun ganz in der Nähe von Miss Piggy und ihrem Nachwuchs angekommen waren. Länglich kniff das Gesicht fest zusammen, atmete mehrmals kräftig durch und riß dann seinen Kopf hoch, so, als kämpfe er gegen ein drohendes Niesen an. Auch mir kribbelte es in der Nase. Aber das war wohl kein Wunder bei meinen nassen Kleidern und der kühlen Brise, die mir ins Gesicht wehte.

Mit jedem Schritt vorwärts verrieten uns unsere Nasen und Ohren deutlicher, daß wir gleich die alte weiße Muttersau und ihren Nachwuchs zu sehen bekommen würden.

Schon trompetete Dichterling los:

„Hier, meine Herren, sehen Sie eine berühmte Muttersau mit ihren neugeborenen Kindern. Hört euch nur das Gequieke an! Ist es nicht dem Jaulen eines Hundes zum Verwechseln ähnlich?“

„Was meine Mutter letzte Nacht hörte, war keineswegs das Quieken einer alten Muttersau und ihrer Ferkel!“ entrüstete sich Länglich. „Und das leuchtende Etwas, das sie am Himmel dahingleiten sah, war gleißendweiß mit grünen Lichtern, die an- und ausgingen und …“

„Ist die alte Miss Piggy nicht auch gleißendweiß?“ spöttelte Dichterling.

Vielleicht, um Länglich beizustehen, vielleicht auch, weil rote Muttersauen mir besser gefielen als weiße, sagte ich: „Du meinst wohl, sie könnte wieder weiß werden, wenn sie öfters mal ein reinigendes Bad nehmen würde, anstatt sich in einer Schlammsuhle zu wälzen. Und wenn sie einen sauberen, modernen Stall hätte wie jedes andere ordentliche Schwein …!“

Wir konnten Dichterling nicht daran hindern, in diesem Augenblick einen alten

Kinderreim herunterzuleiern, den die meisten von uns kannten:

Ringe-Ringel-Tänzchen,
sechs Schweinchen ringeln ihre
Schwänzchen.
Sechs rosa Schweinchen rascheln im
Stroh,
quieken laut und sind ganz froh.

„Es sind aber sieben kleine Schweine", korrigierte Joachim und fing noch einmal an zu zählen.

„Und ‚im Stroh' stimmt auch nicht!"

Es gehört zu den interessantesten Erlebnissen eines Jungen, auf einer Farm oder Ranch eine frischgebackene Schweinefamilie beim Frühstück oder Mittag- oder Abendessen zu beobachten. Als ich einmal allein oben auf dem Heuboden war, hörte ich zufällig, wie mein Vater zu Mutter sagte: „Man muß einfach an Gott glauben und ihn noch ein bißchen mehr lieben, wenn man sieht, wie wunderbar er alles geordnet hat."

Ich habe Vaters Worte nie vergessen und werde immer wieder daran erinnert, wenn ich auf unserem Hof ein neugeborenes Kälbchen oder Fohlen oder Lamm sehe. Oder wenn eines Morgens plötzlich sechs kleine Vögel in dem Nest piepsen, in dem am Abend vorher noch sechs Eier lagen. Dann kommt es vor, daß ich – halb zu mir selbst, halb zu Gott – sage: „Man muß einfach an Gott glauben und ihn noch ein bißchen lieber haben."

Während meine Freunde sich mit den kleinen, rosaweißen Quiekeschweinchen mit den glänzenden Knopfaugen und den süßen Ringelschwänzchen beschäftigten, gingen mir Vaters Worte nicht aus dem Sinn. Irgendwie war ich plötzlich so froh, daß ich einen hohen Hüpfer machte. Dabei bekam ich den herabhängenden Ast einer jungen Esche zu fassen. Ich schwang mich dreimal hin und her und rollte mich dann rückwärts darüber. Es war lustig, auf dem Kopf stehend die kleinen Ferkel mit ihrer Mutter zu sehen.

„He, mein lieber Freund Länglich",

stänkerte Dichterling schon wieder, „unsere alte Miss Piggy war dein jaulender Hund!"

Worauf Schreihals sich einschaltete: „Jaulende Hunde quieken nicht, und quiekende Schweine jaulen nicht."

„Außerdem hatte der Hund, den meine Mutter letzte Nacht hörte, ein kupferbraunes Fell, und diese alte Muttersau ist schmutzigweiß", beharrte Länglich.

„Woher wußte sie, daß er kupferbraun war? Niemand kann im Dunkeln feststellen, ob etwas kupferbraun ist. Jedenfalls erinnere ich mich, daß du von einem weißen Hund sprachst!"

Nachdem er ein drohendes Niesen verhindert hatte, sagte Länglich mit unbewegter Miene: „Er *mußte* kupferbraun gewesen sein, denn die Farbe von Alexanders Fell war bekanntlich kupferbraun."

„War!" fiel ich ihm ins Wort. „Wie man sagt, sind Geister weiß."

Ihr seht, wir kamen nicht weiter. Jeder blieb bei seiner Meinung. Also beschlossen wir, die sieben kleinen Ferkel im Stroh zu lassen – oder besser in ihrem Morast – und zum Hundefriedhof aufzubrechen, was wir ja sowieso vorhatten. Dort sollte Joachim mit seinem Blumenstrauß Alexanders Grab schmücken, und Länglich sollte sich überzeugen, daß der gelbbraune Grabhügel noch genauso aussah, wie wir ihn vor einem Monat verlassen hatten. Das heißt, vielleicht würden inzwischen Grasbüschel und Löwenzahn darauf gewachsen sein.

Beim Gehen überlegte ich mir, ob ich vielleicht den Löwenzahn, der auf dem Friedhof wächst, mit meinem Pfadfindermesser ausstechen sollte. Ich könnte ihn meinem Vater bringen, und vielleicht würde er mir ein Cent pro Stück dafür bezahlen. Nun, versuchen konnte ich es ja.

Obwohl ich mir eigentlich sicher war, daß bei dem kleinen Grabhügel unter dem Holunderbusch alles in guter Ordnung war, war ich irgendwie doch ein bißchen gespannt. Fast hoffte ich, daß wir tatsächlich ein Loch vorfinden würden.

Ich bemerkte, daß Joachim seinen Stock

fest umklammerte. Es schien, als wollte er jederzeit in der Lage sein, sich damit zu verteidigen, wenn uns ein Geist – ein Hundegeist oder ein Menschengeist – begegnen sollte. Immer noch hielt er seinen Blumenstrauß in der linken Hand, und jedesmal, wenn ich dicht vor oder neben oder hinter ihm war, schnupperte ich den süßlichen Duft.

Nach etwa siebzehn Minuten, in denen wir hier und da wie sechs kleine Schweinchen übereinandergepurzelt waren, kam das Spukhaus in Sicht. Es ist aus dicken Steinquadern gebaut und gehörte einst Tom, dem Trapper, den vor vielen Jahren ein Indianerpfeil mitten ins Herz traf. Urplötzlich stoppten wir. Über uns, vor uns oder hinter uns – wir wußten es nicht genau – hörten wir einen langen, unheimlichen Laut. Es konnte der Schrei irgendeines Tieres gewesen sein.

„Das ist er!“ rief Länglich aus. „Ich habe es gewußt! Es ist sein Geist. Meine Mutter hatte recht. Ihr werdet sehen, daß das Grab leer ist!“

Zwölf nackte Jungenfüße flogen auf das alte Steinhaus und den dahinterliegenden Hundefriedhof zu. Wenn man so Hals über Kopf rennt und dabei kaum auf den Weg achtet, kann es gar nicht ausbleiben, daß einer der Läufer über irgend etwas stolpert. Das passierte Joachim in ebendiesem Augenblick. Um nicht allzu hart zu fallen, hatte er noch schnell seine Arme nach vorn geworfen. Und da lagen sie nun, seine wunderschönen Blumen, überall verstreut am Boden. Offensichtlich hatten die übrigen Freunde gar nichts gemerkt, denn sie rannten einfach weiter. Joachim und ich waren die letzten gewesen.

Wie ihr euch vielleicht erinnert, war Joachim der einzige aus der Bande, der sich manchmal mit mir über die Bibel unterhielt. Vielleicht, weil er mich für seinen besten Freund hielt. Und vielleicht war ich es tatsächlich. Während ich ihm half, die Blumen aufzusammeln, sagte er zu mir: „Im Himmel gibt es keine Hunde; meine Mutter hat heute morgen einen Abschnitt in der Bibel gelesen, wo vom Himmel die

Rede war, und da hieß es: ‚Draußen sind die Hunde.'"

Ich schüttelte ein halbes Dutzend schwarze Ameisen aus den Blütendolden, die ich gerade aufgehoben hatte. Ein Teil der Blumen war nämlich auf dem morschen, halbverrotteten Baumstumpf gelandet, über den Joachim gestolpert war. „Wo hat sie das in der Bibel gelesen? Weißt du die Stelle?" fragte ich im Weiterlaufen.

„Offenbarung 22, Vers 15", keuchte Joachim.

Wir hetzten wie wild hinter der Bande her, um möglichst bald wieder bei den anderen zu sein. „Vielleicht sind damit keine richtigen Hunde gemeint", rief ich Joachim über die Schulter zu, „vielleicht meint die Stelle Menschen, die ihre Herzenstüren vor dem Heiland verschließen und gar nichts vom Himmel wissen wollen. So ähnlich hat jedenfalls einmal unser Pastor in einer Predigt gesagt."

Wir holten die Bande ein, als sie gerade den Friedhofszaun erreicht hatte. Das erste, was ich sah, als wir keuchend und schwitzend dort ankamen, war der kleine gelbbraune Erdhügel, hinter dem Joachims Grabinschrift befestigt war. Sie lautete:

ALEXANDER DER
KUPFERSCHMIED
Wir werden dich noch lange
in unseren Herzen tragen

Da war wirklich kein Loch im Boden zu entdecken. Ich mußte an die kleinen röhrenförmigen Löcher denken, wie sie die Motten oder Schmetterlinge hinterlassen, wenn sie aus ihren Kokons ausschlüpfen.

„Nun bist du hoffentlich überzeugt“, sagte Dichterling spitz zu Länglich. „Er liegt noch immer dort unter der Erde, sechzig Zentimeter tief, und niemand kann ihn letzte Nacht gehört haben.“

„Und wie kommt es, daß wir alle ihn am hellichten Tag vor weniger als zehn Minuten haben jaulen hören?“ fiel Jürgen Dichterling in den Rücken.

Länglich starrte auf die tiefhängenden Blütenzweige des Holunderstrauches. Er schniefte entsetzlich, und es sah aus, als wolle er gleich anfangen zu weinen. Ich hatte schon darauf gewartet, als ich entdeckte, daß das Jakobsgreiskraut, das in Mengen am Zaun entlang wuchs, in voller Blüte stand. Prompt folgte auch ein lautes, langanhaltendes Niesen, mit dem Länglich wieder einmal unser aller Aufmerksamkeit auf sich zog.

Dichterling stänkerte schon wieder. „Das hörte sich auch an wie das Jaulen eines Hundes!“

„Jakobsgreiskraut“, näselte Länglich. „Laßt uns machen, daß wir hier wegkommen!“

Wie ich bereits gesagt habe, wuchs eine große Anzahl dieser Pflanzen mit den typischen gelappten Blättern am Zaun entlang, und in der Luft schwirrten Tausende dieser gefährlichen Pollenkörner. Jeder Junge, der eines Tages Arzt werden will und schon einmal durch ein Mikroskop geschaut hat, weiß, wie scharfkantig Pollenkörner sein können.

Als Joachim seinen Blumenstrauß auf

Alexanders Grab gestellt hatte – vorher mußte er noch an dem alten hölzernen Brunnen neues Wasser in das Glasgefäß füllen – schlüpften wir durch den geheimen Kellereingang in das Steinhaus. Wir wollten uns nur kurz dort umschauen. Das taten wir fast immer, wenn wir hier oben waren. Jeder von uns hatte so seine eigenen Erinnerungen an die aufregenden Dinge, die wir hier früher bereits erlebt hatten!

Heute jedoch schien nichts Besonderes los zu sein. Bald schon verließen wir wieder das düstere Gemäuer und begaben uns nach draußen in den hellen Sonnenschein. Irgendwie waren wir alle heute nicht so fröhlich – bis auf Dichterling, der fast immer übermütig und zu Späßen aufgelegt war. Mir ging die Bibelstelle nicht aus dem Kopf, von der Joachim gesprochen hatte: „Draußen sind die Hunde."

Bald waren wir am Waldrand angekommen. Dort beginnt der kleine Trampelpfad, der außen am Sumpf entlangführt. Länglich schlug vor, die Abkürzung quer durch den Sumpf zu nehmen, um an der verlassenen Hütte des alten Paddler vorbeizukommen. „Vielleicht begegnen wir dabei einem Mann vom Mars oder von einem anderen Planeten. Meine Mutter hat ja letzte Nacht eine ‚Fliegende Untertasse' über dem Sumpf beobachtet. Es war genau zu der Zeit, als Alexander jaulte. Vielleicht treffen wir den Piloten des UFOs."

Länglich sagte das alles mit todernster Miene. Ich wußte, daß er wirklich daran glaubte. Darum sagte ich: „Okay, Freunde, machen wir!" Vielleicht sehen wir wirklich einen kleinen grünen Marsbewohner."

Der Rest der Bande war einverstanden, und so trabten wir hintereinander quer durch den Sumpf.

Ziemlich bald erreichten wir den Grashügel in der Nähe des Bisamratten-Tümpels. Dort hatte Alexander einst ein Unterwassergefecht mit einer wild um sich beißenden Schlammschildkröte, die halb so groß wie ein Waschzuber war.

Plötzlich blieb Länglich stehen und zischte direkt in mein Ohr: „Pst, dort kommt jemand!"

6

Einen Augenblick lang verhielten wir uns mucksmäuschenstill und ließen unsere Blicke in die verschiedenen Richtungen schweifen. Wirklich, Länglich hatte recht. Dort hinten kam jemand. Wir konnten noch nicht genau feststellen, ob es ein Mann, eine Frau oder ein Mädchen war.

Der Jemand trug eine Aktentasche in der Hand und hatte sich eine Kamera umgehängt.

Jürgen kommandierte im Flüsterton: „Alle Mann in Deckung!"

Wir duckten uns hinter einem Haufen aus Maisstengeln, Stroh und anderem dürren Zeug. Wenn es längere Zeit sehr heftig regnete, schwoll der Zuckerbach so stark an, daß er über seine Ufer trat und die angrenzenden Felder und Wiesen unter Wasser setzte. Wenn später das Wasser wieder zurückging, blieben an einigen Stellen große Haufen von angeschwemmtem, losem Material zurück. Hinter einem solchen Haufen hockten wir in gespannter Erwartung. Ich steckte noch immer in meinen nassen Kleidern! Wenn die anderen hinterher den trockenen Staub von ihren Hosen klopfen konnten, würde bei mir, Willi Collins, der ganze Schmutz so richtig schön festkleben. Dabei hatte meine Mutter mich nachdrücklich ermahnt, gut auf meine neuen Blue jeans aufzupassen!

„Wovor verstecken wir uns eigentlich?" fragte Dichterling.

„Schschsch!" flüsterte Jürgen, „wir müssen herausfinden, wer der Jemand ist und was er hier treibt."

„Du meinst *die* Jemand. Es ist ein junges Mädchen", meldete sich Schreihals. Er kannte sich offenbar besser mit Mädchen aus als wir anderen, denn er hat sechs Schwestern zu Hause.

„Wie willst du das aus dieser Entfernung feststellen?" wunderte sich Dichterling.

Ich konnte Schreihals' Aussage nur bestätigen, denn ich hatte die ganze Zeit durch einen kleinen Spalt am Rand des Haufens geäugt.

„Schreihals hat recht“, sagte ich. „Sie trägt eine graue Hose und eine hellrote Bluse, dazu einen Gürtel im Westernstil und Gummistiefel. Außerdem hat sie eine Sonnenbrille auf.“

Weil einige von uns zu laut wurden, fuchtelte Jürgen mit seiner Hand, um uns zur Ruhe zu ermahnen. Für ein paar Sekunden klappte das auch. aber wie ihr alle wißt, ist es etwas vom Schwersten für einen Jungen, sich lange still zu verhalten. Darum sagt mein Vater immer: „Eine überarbeitete, nervöse Mutter und ein unruhiges, zappeliges Kind sollte man nicht allzu lange zusammen in einem Zimmer lassen.“

Merkwürdig, wie sich das junge Mädchen mit der grauen Hose, der roten Bluse und den Gummistiefeln verhielt! Sie schien sich langsam in die Nähe des Bisamratten-Tümpels zu schleichen. Ob sie dort wohl etwas beobachtete?

„Schau, sie hat ihre Aktentasche abgestellt!“ flüsterte mir Dichterling ins Ohr. „Jetzt nimmt sie ihre Kamera und fotografiert etwas.“

Das sah ich auch. Sie näherte sich vorsichtig einem Baumstamm, der im Wasser lang und etwa fünf Meter in den Tümpel hinausragte.

Länglich, der durch denselben Spalt lugte wie ich, flüsterte mir ins Ohr: „Jetzt balanciert sie auf dem Holzbalken.“ Richtig: langsam, ganz langsam balancierte sie nach vorn zum Ende des Baumstamms hin, wo das Wasser natürlich tiefer war. Etwa drei Meter von dem Ende des Baumstamms entfernt schwamm ein altes Floß, das wir Jungen früher einmal gebaut hatten. Auf dem Floß lagen etwa neun Weichschildkröten und nahmen dort ein Sonnenbad.

Weil ich ständig meine nassen Kleider an mir fühlte, hätte ich ihr am liebsten zugerufen: „Fräulein, passen Sie auf! Das Holz ist glitschig! Sie können jeden Moment ausrutschen!“ Aber wenn ich laut gerufen hätte, hätte ich uns natürlich verraten. Also schwieg ich still.

Sie nahm ihre Kamera und richtete sie auf das Floß mit den Schildkröten. Dichterling flüsterte: „Es ist sicher eine Filmkamera!“ Wenn sie mit einem Zoom-Objektiv ausgestattet ist, wird es eine großartige Nahaufnahme, mußte ich denken. Jene Weichschildkröten haben einen Durchmesser von etwa fünfundzwanzig Zentimetern. Ihr olivgrüner Rückenschild wird von einem schmalen gelben Band eingefaßt und ist mit vielen schwarzen Ringen überzogen, die so groß sind wie der Nagel am großen Zeh eines Jungen.

In einem Farbfilm würde es sicher phantastisch wirken, wenn diese neun, zehn oder gar zwölf Schildkröten plötzlich erwachten, an den Rand des Floßes kröchen und sich dann ins Wasser plumpsen ließen, um in neun oder mehr verschiedenen Richtungen davonzuschwimmen, wie es Schildkröten zu tun pflegen, wenn sie aufgeschreckt werden.

Ihr wißt sicher, daß Schildkrötenfüße wie Flossen aussehen und daß diese Tiere darum so gute Schwimmer und Taucher sind.

Gerade war ich in meinen Gedanken so weit gekommen – da passierte es auch schon. Die Weichschildkröten erwachten zum Leben, und mindestens neunmal vier Füßchen bewegten sich so schnell sie konnten auf das Wasser zu – vor irgend etwas fliehend, was sie als rotgekleidetes Ungeheuer ansehen mußten, das sie wahrscheinlich umbringen und zu Schildkrötensuppe verarbeiten würde. Angenommen, Schildkröten könnten denken und sprechen, dann hätte vielleicht eine der jüngsten Schildkröten zu seiner Mutter gesagt: „Hast du auch die drei großen Augen gesehen?“ Und seine Mutter hätte geantwortet: „Was für drei Augen?“ Worauf der Schildkrötenvater entgegnet haben könnte: „Zwei Augen an ihrem Kopf und ein drittes großes Auge am Ende ihres rechten Zeigefingers.“

Jedenfalls hatte sich eine der kleinsten Schildkröten bei dieser hektischen Flucht total festgerannt und stand plötzlich auf dem Rückenschild eines älteren, schwerfälligeren Tieres. Als sie von dort wieder herunterpurzelte, landete sie auf dem Rücken. Aufgeregt fuchtelte sie mit ihren Füßen in der Luft herum. Ihre Unterseite war fast so weiß wie Vaters Sonntagshemd.

Gerade wollte ich zu Länglich sagen: „Hier, mein lieber Länglich, hast du deine ‚Fliegende Untertase' aus nächster Nähe – und gleich in neunfacher Ausführung und in genau den Farben, die deine Mutter angegeben hat: grün auf der einen Seite und glänzend weiß auf der Unterseite." Doch bevor ich ihn necken konnte, nahm das Unglück schon seinen Fortgang. Das junge Mädchen fing an zu torkeln und verlor das Gleichgewicht …

Nun, wenn man Gummistiefel anhat und auf einem glitschigen Baumstamm balanciert, der kaum breiter als dreißig Zentimeter ist, dann ist es wahrscheinlicher, das Gleichgewicht zu verlieren, als es zu halten. Ich kenne einen gewissen nassen Jungen, der sich in diesem Bereich auskennt.

Es ging schneller, als ich es euch schildern kann. Das junge Mädchen flatterte noch ein paarmal mit den Armen rauf und runter und seitwärts, dann verlor es endgültig die Balance und landete klatschplumps in dem Tümpel, und mit ihr die rote Bluse und die silbergraue Hose, die Gummistiefel, das braune Haar und das hübsche Gesicht – nur der Arm mit der Hand, die die Kamera hielt, ragte noch heraus. Sie durfte ja nicht naß werden.

„Was ist, wenn sie nicht schwimmen kann?" sorgte sich Länglich.

„Das macht nichts", antwortete ich, „das Wasser ist dort nur etwa ein Meter zwanzig tief."

Als sie aufstand, hielt sie die Kamera immer noch hoch. Dann schaute sie sich kurz um, um sich zu orientieren, und watete auf das Ufer zu.

Wir waren richtig ein bißchen enttäuscht. Zu gern hätten wir eine dramatische Rettungsaktion gestartet. Aber das junge Mädchen schien keinerlei Hilfe zu benötigen. Sobald sie das sandige Ufer erreicht hatte, hielt sie Ausschau nach einem neuen Motiv. Ich beobachtete, wie sie sich vorsichtig einer Weide mit tief herabhängenden Ästen näherte. Dort wo die Äste bis in das Wasser reichten, hatte sie drei oder vier Wasserschlangen erspäht, die sich in dem flimmernden Sonnenlicht badeten.

Ihr müßt wissen, daß es in unserer Gegend etwa ein Dutzend verschiedener Arten von Schlangen gibt. Die meisten sind harmlos; nur ein paar sind gefährlich. Zu den harmlosen Exemplaren gehören die Schweinekopfschlange und die Strumpfbandnatter. Diese Natter ist für den Farmer sogar recht nützlich, denn sie frißt Würmer, Schnecken, kleine Frösche und junge Mäuse. Ich weiß nicht, ob ich euch schon erzählt habe, daß in jedem Herbst ein regelrechtes Familientreffen von etwa dreißig Strumpfbandnattern auf dem Erdbeerhügel stattfindet, und zwar in der Nähe des Friedhofs, auf dem die Frau und die beiden Söhne des alten Paddler begraben liegen. Tagsüber lassen sich diese Reptilien von der warmen Sonne bescheinen, und nachts kriechen sie in irgendwelche Ritzen und Spalten zwischen den Felsen. Dort schlafen sie bis zum späten Vormittag, ähnlich wie ein Junge an schulfreien Samstagen, wenn seine Eltern oder seine kleine Schwester es zulassen. Wenn dann der Frost kommt und der kalte Wind die Blätter von den Bäumen fegt, ziehen sich die Tiere zum Winterschlaf in Erdlöcher zurück.

Eine weitere Schlangenart, die in unserer Gegend vorkommt, ist die blaue Pfeilnatter. Sie ist auf dem Rücken grünblau und auf der Unterseite blaßgelb. Sie wird bis zu anderthalb Meter lang. Vereinzelt kommt auch die Klapperschlange hier vor, und im Sumpf konnten wir ab und zu die gefährliche Mokassinschlange beobachten, die auch bis zu anderthalb Meter lang wird. Sie frißt Frösche, Fische, junge Kaninchen und sogar Ratten.

Das junge Mädchen kam inzwischen dichter und dichter an unser Versteck heran. Es konnte nicht mehr lange dauern, dann würde sie uns entdeckt haben. Sicher würde sie einen mächtigen Schrecken bekommen, wenn sie plötzlich sechs fremde Jungen vor sich sah – darunter einen mit nassen, schlammbeschmierten Kleidern.

Ganz urplötzlich und ohne Vorankündigung machte Schreihals seinem Namen alle Ehre und stieß einen gellenden Schrei aus. Er riß Joachim den Stock aus der Hand, sprang aus dem Versteck und schoß auf das junge Mädchen zu. Sie hatte ihren Rücken einer kleinen Wasserlache zugekehrt und daher nicht gesehen, was Schreihals sah. Auch wir anderen hatten es bis dahin nicht bemerkt.

„Gefahr!" schrie Schreihals aus Leibeskräften, als er losstürmte. „Hinter Ihnen ist eine Wassermokassinschlange, sie will Sie angreifen!"

Schnell wie der Blitz war unser Akrobat bei dem jungen Mädchen und schlug mit Joachims Stock auf die Mokassinschlange ein. Sie war anderthalb Meter lang und hatte einen Durchmesser von fünf Zentimetern. Ihr Kopf maß knapp vier Zentimeter. Sie ist die giftigste Schlange in unserem

Gebiet, mit Ausnahme der Klapperschlange. Die Klapperschlange warnt ihr Opfer bekanntlich durch ein eigentümliches Rasseln, bevor sie zustößt. Eine Wassermokassinschlange warnt ihr Opfer ohne Geräusch durch das Hin- und Herbewegen ihres Schwanzes. Wenn man sie erschreckt oder aus dem Schlaf geweckt hat, legt sie ihren häßlichen Kopf zurück und richtet ihn dann zum Angriff auf. Sie öffnet ihr Maul so weit, daß man den weißen Rachen sehen kann. Darum wird sie auch Baumwollrachen genannt. Wenn sie ihren Schwanz wütend vor- und zurückbewegt, will sie wahrscheinlich sagen: „Ich hasse dich. Ich hasse dich und will dich töten!" Dann ist es besser für dich, wegzurennen und keine nackten Beine und Füße zu haben.

Es kann natürlich auch vorkommen, daß die Mokassinschlange dich nur einige Minuten lang mit ihren kleinen, glänzenden Augen anstarrt – als seist du ein Säbelzahntiger – und dann plötzlich ganz friedlich davongleitet, so, als wollte sie sagen:

„Lassen wir's dabei. Du bist nur ein armer Mensch und kein passendes Gegenüber für eine so edle Schlange wie mich!"

Aber diese Mokassinschlange haßte offenbar das junge Mädchen. Oder vielleicht sah sie rot wegen der roten Bluse. Noch ehe Schreihals zur Stelle war, sah ich, wie die wütende Schlange mit dem braunen Rücken und dem gelben Bauch, den kleinen, glänzenden Augen und dem baumwollweißen Rachen mit ihren Giftzähnen zweimal nach den Knöcheln des jungen Mädchens stieß.

7

Alles ging blitzschnell. Wumm, wumm – zack, zack – wumm, wumm! Treffsicher ließ unser Akrobat Joachims Stock auf den Kopf der Schlange sausen und rettete so das junge Mädchen aus der bedrohlichen Situation. Es hätte lebensgefährlich für sie werden können, wenn die Giftzähne der Mokassinschlange sich in ihren Unterschenkel eingegraben hätten.

Als das Mädchen von seinen Fußknöcheln aufschaute, war es ein wenig bleich im Gesicht. Doch schnell gewann es seine Fassung zurück und sagte zu Schreihals: „Danke, junger Mann. Vielen, vielen Dank. Wie gut, daß ich diese alten, festen Boots anhatte. Ich hatte sie nur meinem Vater zuliebe angezogen. Bei dem warmen Wetter wollte ich ursprünglich meine leichten Sommerschuhe tragen. Einen Augenblick ...“ Sie brach mitten im Satz ab, um ihre Kamera auf die sterbende Schlange zu richten. Die rollte sich noch immer zukkend und sich windend auf dem Boden. Erst nach einer ganzen Weile blieb sie still auf dem Rücken liegen, wobei ihr gelber Bauch mit den braunen und schwarzen Flecken sichtbar wurde.

Längst waren wir alle aus unserem Versteck gekrochen und beobachteten das junge Mädchen, wie es die sterbende Mokassinschlange filmte. Mir kamen dabei allerlei neugierige Fragen in den Sinn. Wer war das junge Mädchen? Warum und für wen machte sie diese Filmaufnahmen? Warum zeigte sie sich nicht stärker davon beeindruckt, daß die Schlange sie angriff? Mitten in meine Grübeleien ertönte plötzlich der gespenstische, langgezogene Ton irgendeines Tieres. Er war so klar wie die Kirchturmglocken, die jeden Sonntagmorgen die Zuckerbach-Jungen mit ihren Familien zum Gottesdienst rufen. Er schien vom Sumpf oder vielleicht auch von der Hütte des alten Paddler her zu kommen.

Diesmal konnte dieser Laut nicht von

Schreihals stammen, der einen Seetaucher oder einen jaulenden Hund nachahmte. Denn Schreihals stand neben mir, und der Ton, den ich gehört hatte, kam von weit drüben her. Es hörte sich auch nicht nach einem Waldkauz, einer Regenkrähe oder einer Wildtaube an. Es klang – wie das Jaulen eines Hundes.

Das Mädchen mit der Kamera gab drei kurze, scharfe Pfiffe auf der Pfeife ab, die sie um den Hals trug. Dann wandte sie sich noch einmal an Schreihals: „Nochmals vielen, vielen Dank. Wenn die Mokassinschlange ein drittes Mal zugestoßen hätte, hätte sie mich sicher oberhalb der Boots erwischt. Ich hatte sie vorher schon einige Male kurz gesichtet, aber es war mir nie gelungen, sie zu filmen."

Wenn man neben einer sterbenden, sich noch immer windenden Schlange kauert und dabei aus der Ferne den unbestimmbaren Laut eines Tieres hört, dann fragt man sich, ob das alles Wirklichkeit ist oder ob man sich nur etwas einbildet.

„Für mich ist es Zeit, zum Abendessen

zu gehen“, sagte das Mädchen in der roten Bluse. Sie nahm ihre Aktentasche auf und wandte sich zum Gehen. Nach drei oder vier Schritten drehte sie sich noch einmal um und rief uns freundlich zu: „Vater und ich machen Camping in dem Espenwäldchen in der Nähe der Paddler-Hütte. Ich lade euch ein, uns einmal zu besuchen, solange wir noch dort sind.“ Und zu Schreihals gewandt: „Mein Vater hat sicher auch eine Belohnung für dich, junger Mann.“

Dann rannte sie los, und in wenigen Sekunden war sie hinter der nächsten Wegbiegung verschwunden. Sechs Jungen, die sich noch vor kurzem über grüne Marsmännchen unterhalten hatten, starrten ihr verwirrt nach.

Während der nächsten hundert Sekunden waren wir so still wie sechs ängstliche Mäuschen, die sich vor einer hungrigen Katze verstecken. Jürgen brach als erster das Schweigen. „Leute, stimmt es, daß wir ein junges Mädchen gesehen haben, das neun Schildkröten auf einem Floß filmte, dann das Gleichgewicht verlor und ins Wasser fiel? Und stimmt es, daß wir vor ihren Augen eine Mokassinschlange töteten, bei deren Anblick jedes andere Mädchen in höchste Panik geraten wäre?"

Länglich fügte hinzu: „St-stimmt es oder st-stimmt es nicht, d-daß wir Alexander den Kupferschmied jaulen hörten und er wieder lebendig ist, wie meine Mutter behauptet?"

Ich rieb mir die Augen. War ich wirklich wach, oder hatte ich vielleicht nur geträumt? Zwei Dinge bestätigten mir, daß ich nicht träumte: die anderthalb Meter lange Mokassinschlange, die mit zertrümmertem Schädel vor mir auf dem Boden lag, und Joachim, der in diesem Augenblick seinen blutbeschmierten Stock nahm und damit zum Rand des Tümpels ging, um ihn zu säubern.

„Hört ihr's!" rief Länglich aufgeregt. „Da jault er wieder!"

Richtig – in der Ferne hörten wir wieder das lang anhaltende Jaulen eines Hundes. Und eine Sekunde später ertönte ein scharfer, schriller Pfiff, der nur von dem jungen Mädchen kommen konnte.

Auch wir mußten nun langsam an den Heimweg denken, damit sich unsere Eltern nicht um uns sorgten. Es gibt nichts Schlimmeres für einen Jungen, als wenn er nach Hause kommt und feststellt, daß sein Vater oder seine Mutter verärgert ist, weil er zu lange fortgeblieben ist. Dann ist es ratsam, sich schnell irgendwo nützlich zu machen. Zum Beispiel Mutter unaufgefordert irgendeine Arbeit in der Küche abzunehmen oder Vater draußen auf dem Hof bei irgend etwas zu helfen. Meine Mutter macht sich immer dann die meisten Sorgen um mich, wenn sie selbst überarbeitet ist oder sich nicht wohl fühlt.

Diesmal machte sich Theodor Collins' „erster und schlimmster" Sohn verständlicherweise einige Sorgen darüber, wie seine Mutter ihn in seinen schlammbeschmierten Jeans empfangen würde.

Aus diesem Grunde wagte ich es nicht, den vorderen Eingang zu benutzen, sondern kam von hinten durch den Obstgarten. Als erstes begegnete mir meine Freundin Mixy. Sie saß unter dem Rebstock und leckte ihr Fell sauber.

„Du hast dich wohl leichtsinnigerweise auf dem staubigen Scheunenboden gewälzt“, sagte ich zu ihr, worauf sie mir mit einem trägen „Miau“ antwortete und dann fortfuhr, sich mit ihrer feuchten, rauhen Zunge zu säubern.

Da kam mir plötzlich eine Idee. Schnell ging ich zum Werkzeugschuppen und holte dort Vaters Buchengerte vom Gewehrständer. Damit ging ich zu dem Haupteingang und klopfte an der Zwischentür. Ich hatte mir nämlich ein kleines Spiel ausgedacht.

Als ich Mutter mit ihren graubraunen Haaren und ihren freundlichen braunen Augen kommen sah, sagte ich schnell: „Guten Tag, gnädige Frau, ich möchte Ihnen von einem unangenehmen Zwischenfall berichten. Ihr Sohn rutschte auf einer glitschigen Holzbrücke aus und fiel samt neuen Blue jeans ins Wasser. Danach mußte er sich wegen eines jungen Mädchens verstecken, das eine rote Bluse anhatte und schließlich eine sterbende Schlange filmte. Selbige Schlange war von Schreihals mit Joachims Stock getötet worden. Weil Ihr Sohn sich mit der Bande hinter einem großen Haufen aus dreckigem Maisstroh und anderem Zeug versteckte, ist seine neue Blue jeans jetzt so verdreckt. Haben Sie Interesse an einer Buchengerte, um sie an Ihrem Sohn auszuprobieren?"

Ich sprach sehr schnell, so daß Mutter vergeblich versuchte, mir ins Wort zu fallen. Als ich meine Rede beendet hatte, sagte sie ruhig: „Ich habe alles verstanden bis auf die Sache mit dem Maisstrohhaufen. Aber das macht nichts – du bist dennoch mein Sohn. Ich habe bis zum Abendessen noch sehr viel zu tun, darum habe ich auch keine Zeit für Gegenstände aus Buchenholz."

„Hätten Sie vielleicht an etwas anderem Interesse, etwa an schönen Murmeln?"

„Tut mir leid", antwortete Mutter, „aber heute ist Samstag, und wir wollen heute abend noch zum Einkaufen fahren. Aber, mein junger Herr, wenn Sie sich Ihr Abendbrot verdienen wollen, dann holen Sie mir noch schnell die Eier aus der Scheune. Entschuldigen Sie mich bitte, das Telefon klingelt ..."

Ich atmete erleichtert auf, als Mutter zum Telefon eilte. Aus ihren Antworten versuchte ich herauszufinden, wer der Anrufer war. Ich wußte es sofort, als ich die Worte hörte: „Ja, ich weiß, die Zeitungen sind voll davon, aber ..."

Es war Frau Gilbert, Länglichs Mutter. Sie war sehr beunruhigt über die Berichte in der Zeitung und all das Gerede wegen der „Fliegenden Untertassen" und wollte Mutters Meinung wissen.

„Meine Mutter ist doch die allerbeste!" Das mußte ich schlagartig denken, als ich einen weiteren Satz verstand:

„Eine Mutter kann ihren Sohn doch nicht jedesmal bestrafen, wenn er etwas falsch gemacht hat. Ich an Ihrer Stelle würde es einfach übergehen. Es hat ihm offensichtlich Freude gemacht, und darum sollten Sie ihn nicht nachträglich ausschimpfen. Geben Sie ihm ein bißchen mehr Liebe, ich glaube, dann ist er nicht mehr so nervös und ängstlich. Unser Pastor wird übrigens morgen über das Thema „Der Mann aus dem Weltall" sprechen, und ich hoffe, daß er dabei vieles klarstellen wird."

Ich brachte die unbenötigte Buchengerte in den Werkzeugschuppen zurück. Mixy hatte inzwischen ihre große Säuberung beendet und jagte ausgelassen hinter den Grashüpfern auf der Wiese her. Ich rief sie, aber sie nahm keine Notiz davon. Katzen sind sehr eigenwillig und tun am liebsten das, was *sie* wollen.

Ich fühlte mich in diesem Augenblick sehr glücklich. Ich fand es toll, daß meine Mutter mich wegen meiner dreckigen Jeans nicht ausgeschimpft hatte und daß sie versucht hatte, Länglichs Mutter am Telefon zu beruhigen. Ich war so glücklich, daß ich beschloß, Gott extra dafür zu danken, wenn ich jetzt die Eier in der Scheune holte.

Im gleichen Augenblick kam Annelotte

mit ihrem kleinen Sandeimerchen angerannt. Sie wollte mit mir gehen, wenn ich die Eier holte.

Als wir an dem eisernen Ziehbrunnen vorbeikamen, zog ich für meine kleine Schwester Wasser hoch, um ihr eine Blechtasse zu füllen. Sie trank die Tasse halb leer und goß den Rest in eine Wasserpfütze, an der sich siebzehn oder mehr weiße und zitronengelbe Schmetterlinge zum Trinken niedergelassen hatten.

Ich sage euch, es ist ein wunderschöner Anblick, wenn so viele Schmetterlinge gleichzeitig nach allen Richtungen davonflattern und nach ein paar Sekunden zurückkehren, um sich an der gleichen Stelle wieder niederzulassen.

Ich beobachtete eine Weile das Schauspiel, dann sagte ich zu den freundlichen kleinen Schmetterlingen: „Wenn ich wie ihr Flügel gehabt hätte, dann hätte ich über den Bach fliegen können, ohne naß zu werden."

Oben auf dem Heuboden suchte ich meinen geheimen Gebetsplatz auf. An einer bestimmten Stelle zwischen den Holzbalken hatte ich mein Neues Testament mit den Psalmen versteckt. Ich holte es hervor und schlug einen meiner Lieblingsverse auf: „Schaffe in mir, Gott, ein reines Herz."

Es wurde nur ein kurzes Gebet, denn ich hörte, wie Annelotte sich unten an der Leiter zu schaffen machte. Sie schien sogar schon einige Sprossen nach oben geklettert zu sein. Auf dem Weg zur Leiter betete ich noch: „Lieber Herr, ich möchte mit einem reinen Herzen vor dir leben. Bitte, hilf mir dabei." Obwohl ich seit einigen Jahren Christ war, hatte ich es doch immer wieder nötig, mein Herz neu reinigen zu lassen. Nachdem ich gebetet hatte, fühlte ich mich wieder ganz rein.

Als ich hinunterschaute, sah ich, daß meine kleine Schwester bereits auf der dritten Sprosse stand. Wenn ich sie angeschrieen hätte, hätte sie sich wahrscheinlich erschreckt und wäre heruntergefallen. So schnell ich konnte, stieg ich zu ihr herab.

Wir gingen gerade zusammen über den Scheunenhof zum Hühnerhaus, um auch dort die Eier einzusammeln, als Mixy angesprungen kam. Sie hatte wohl Annelottes Sandeimerchen und meinen Eierkorb gesehen und glaubte, darin sei etwas zum Fressen für sie. Sie miaute uns an, als ob sie sagen wollte: „Wenn ihr mir nichts zu fressen gebt, werde ich vor Hunger sterben!"

„Hör mal zu, Mixy", sagte ich zur ihr, „du hast neun Leben. Wenn eines davon heute nachmittag vor Hunger stirbt, bleiben dir noch weitere acht, um weiterzuleben. Verschwinde!"

Mixi stellte sich auf die Hinterpfoten und schnüffelte an meinem Eierkorb herum. Im selben Augenblick gaukelte ein Schmetterling vorbei, ein Schwalbenschwanz. Wie ein Blitz wirbelte unser Kätzchen hinter ihm her, und wir waren sie los. Nun gingen wir hinüber zum Hühnerhaus. Meine kleine Schwester hielt mit ihrer winzigen Hand meinen linken kleinen Finger fest umklammert. Ich kenne einen „großen Bruder“, der das wunderschön findet.

Am Abend mußte ich noch lange über viele Fragen nachdenken. Veränderte sich irgend etwas in der Welt? Was waren das für farbige Flugkörper, die die Leute nachts am Himmel beobachteten? Was würde unser Pastor morgen sagen, wenn er über den „Mann aus dem Weltall“ predigte?

Wer war das Mädchen in der roten Bluse und der grauen Hose? Warum machte sie Tieraufnahmen in dem Sumpfgebiet? Woher stammte der unheimliche jaulende Ton, den wir vom Sumpf her gehört hatten?

8

Der nächste Tag war also ein Sonntag. Die Collins-Familie war genauso früh aufgestanden wie an den anderen Wochentagen. Nachdem die üblichen Arbeiten in Hof und Stall erledigt waren, saß die Familie um den Frühstückstisch. Alle waren sonntäglich gekleidet. Ich hatte sogar meine Schuhe blitzblank geputzt. Vaters Bart war gestutzt. Mutter hatte ein bißchen Makeup aufgetragen. Annelottes Haar zierte ein schmuckes Band. Es war noch reichlich Zeit vorhanden, als wir alle ins Auto stiegen, um zur Kirche zu fahren.

Ich saß vorne neben Vater, und Mutter und Annelotte hatten auf dem Rücksitz Platz genommen. Ich benutzte die Gelegenheit, um meine Frage von gestern zu wiederholen, auf die ich noch keine Antwort bekommen hatte:

„Habt ihr inzwischen darüber nachgedacht, ob es einen Himmel für Hunde gibt? Ist es möglich, daß Alexanders Geist nachts Waschbären oder andere kleine Raubtiere jagt und dabei in ein lautes Gekläff ausbricht?"

„Ich denke, ihr habt gestern Blumen auf Alexanders Grab gebracht. Das Grab war doch in Ordnung, nicht wahr?" erwiderte Vater.

„Ja, soviel wir feststellen konnten", gab ich Auskunft. Dann erzählte ich, daß Joachims Mutter in der Bibel gelesen hatte: „Draußen sind die Hunde." Ich fügte hinzu: „Wenn je ein Hund es verdient hat, in den Himmel zu kommen, dann Alexander der Kupferschmied."

Mutter erinnerte an einen Satz, den ich schon einige Male von unserem Pastor gehört hatte. „Wir kommen nicht in den Himel, weil wir es verdient hätten, sondern wir werden aus Gnade gerettet durch den Glauben." Dann sagte sie noch: „Wenn jemand wegen seines vorbildlichen Lebens und seiner guten Werke in den Himmel käme, würde er wahrscheinlich einen Teil der Ewigkeit damit zubringen, sich selbst auf die Schulter zu klopfen."

Vater erklärte: „Der Vers aus Offenbarung 22,15 meint Menschen, die aus Halsstarrigkeit den Heiland abweisen, oder auch Menschen, die sich für so anständig und gut halten, daß sie meinen, keinen Erlöser zu brauchen. Das sind die ‚Hunde', die draußen sein werden. Wenn jemand sein Herz vor der Liebe Gottes verschließt, verschließt er sich damit die Tür zum Himmel."

Jetzt ging es einen kleinen Berg hinunter, dann über die Wolfbach-Brücke und hinter ihr wieder hoch. Dann bogen wir in die Straße ein, die zur Kirche führt.

Wir stellten unser Auto unter einer großen, schattigen Ulme ab. Neben uns parkte der Wagen der Thompsons. Sofort kam Dichterling auf mich zu und flüsterte mir aufgeregt ins Ohr: „Ich weiß etwas Schönes! Du wirst es kaum erraten!"

„Was?" fragte ich zurück. Ich war ungeheuer gespannt – wie immer, wenn Dichterling zu mir sagte: „Du errätst es nicht!" Oder: „Ich weiß etwas Schönes!"

„Du erinnerst dich doch noch an das Foto von Miss Piggy in der Zeitung?“

„Ja – was ist damit?“ Im stillen dachte ich: Unsere rote Muttersau mit ihren sieben Ferkeln hätte ein weit attraktiveres Foto abgegeben.

„Dieses Foto kam den Leuten vom Landes-Farmer-Verband zu Gesicht. Sie riefen gestern abend bei meinem Vater an und luden ihn für morgen zu einer Veranstaltung in Indianapolis ein. Dort soll er ein Referat über Schweinezucht halten.“

„Warum laden sie Miss Piggy nicht gleich mit ein?“ frotzelte ich. „Schließlich ist sie doch diejenige, die diese kleinen schmutzigen Viecher aufzieht.“

Dichterling überging meine Bemerkung und fuhr fort: „Weil mein Vater über Nacht in der Stadt bleiben wird und mir eine Freude machen will, soll ich dich fragen, ob du Lust hast, zu mir zu kommen. Wir können zusammen in meinem Zelt schlafen. Meine Mutter hat bereits deine Mutter um Erlaubnis gefragt, und sie war damit einverstanden.“

In diesem Augenblick kam Länglich angelaufen. Er hatte uns zusammenstehen sehen und wollte wissen, was wir miteinander besprochen hatten. Was tun Jungen in einem solchen Fall? Dichterling und ich begannen ein Lied zu pfeifen, und dann redeten wir über das Wetter. In dem Zelt war nämlich nur für zwei Jungen Platz, und wir wollten ihn nicht neidisch machen.

„Meine Mutter hat ihn in der vergangenen Nacht wieder gehört“, berichtete Länglich, „und sie sah auch wieder eine ‚Fliegende Untertasse‘ über dem Zuckerbachgebiet.“

Jetzt begann die Kirchturmglocke zu läuten. Während wir auf die Eingangstür zugingen, flüsterte Dichterling mir zu: „Wenn heute nacht eine ‚Fliegende Untertasse‘ auftaucht, werde ich ein Foto machen. Ich habe mir extra einen neuen Farbfilm gekauft.“

Es fiel mir nicht ganz leicht, während der Predigt nicht mit meinen Gedanken abzuschweifen. Unser Pastor sagte etwas sehr Wichtiges über das Thema „Der Mann aus dem Weltall“. „Jesus existierte schon, bevor er als kleines Kind im Stall zu Bethlehem geboren wurde. Er kam vom Himmel auf die Erde, um am Kreuz für unsere Sünden zu sterben. Nach seinem Tod ist er auferstanden und in den Himmel aufgefahren. Von dort wird er eines Tages wieder auf die Erde zurückkommen. Bis dahin sollen wir fleißig für ihn arbeiten.“

Ich wußte nicht so recht, was ein Junge in meinem Alter für ihn tun konnte. Vielleicht sollte ich ein bißchen freundlicher zu meiner Familie sein, besonders zu Annelotte. Vielleicht sollte ich Mutter und Vater etwas mehr helfen und mich nicht immer erst zwei- oder dreimal bitten lassen. Vielleicht sollte ich mir auch abgewöhnen, mich über andere lustig zu machen. Auch nicht über Länglich, wenn er diese seltsamen Ansichten vertrat, die er doch meistens von seiner Mutter hatte. Übrigens, was wäre, wenn Länglich doch recht hätte? Könnte es vielleicht doch richtige UFOs und Besucher aus dem Weltall geben?

Was mich ungeheuer froh machte, war der Gedanke: „Wenn Jesus wiederkommt, brauche ich mich nicht zu fürchten, denn er und ich sind schon jetzt gute Freunde."

Auf dem Nachhauseweg fuhren wir wieder über die Wolfbach-Brücke. Vom Autofenster aus beobachtete ich drei oder vier untertassengroße Weichschildkröten, die sich auf einem Holzfloß sonnten. In dem Augenblick, als die Brückenauflage und die Stahlstreben zu vibrieren begannen, wurden sie rege und glitten kopfüber ins Wasser. Bevor wir noch das andere Ende der Brücke erreicht hatten, tauchte eine der Schildkröten, die etwa drei Meter unter Wasser geschwommen war, wieder auf, um Luft zu schnappen. Wie wunderbar weise hatte doch der himmlische Vater alles eingerichtet! Überall konnte man seine Liebe und Fürsorge für seine Geschöpfe feststellen. Und wieviel mehr liebte er die Menschen! Für sie ließ er seinen Sohn am Kreuz sterben – auch für einen Jungen, der Willi Collins hieß.

Unbewußt machte ich einen tiefen

Atemzug – als sei auch ich gerade aus dem Wasser aufgetaucht. Dann summte ich den Anfang des Liedes, das wir am Schluß des Gottesdienstes gesungen hatten:

„Nimm mein Leben! Jesu, dir
übergeb ich's für und für …"

„Sagtest du etwas, Willi?" fragte meine Mutter.

„Hast du auch gesehen, wie die ‚Fliegenden Untertassen' von dem Floß ins Wasser tauchten?" erwiderte ich.

„Ich wette, daß die kleinen Elritzen gedacht haben, das sei ein feindlicher Überfall", bemerkte Vater.

Als unser Auto den Hügel erklommen hatte, gab Vater Gas, und im Nu erreichten wir unseren Hof. Immerzu mußte ich an die kommende Nacht denken. Vielleicht würden wir wieder das Hundejaulen vom Sumpf her hören? Oder würden wir ein richtiges UFO sehen? Vielleicht würde es Dichterling gelingen, ein Foto zu machen – das erste Farbfoto von einem UFO!

Als ich am Nachmittag meine Sachen packte, klingelte das Telefon. Es war Dichterlings Mutter. Sie fragte an, ob sie zwei von unseren Bisamratten-Fallen ausleihen könne.

„Es ist doch gar keine Fangzeit für Bisamratten“, rief ich dazwischen.

Mutter bedeutete mir, daß ich meinen Mund halten solle.

„Selbstverständlich wird er sie gern mitbringen“, sagte sie.

Ich war schrecklich neugierig zu erfahren, wofür die Thompsons die Bisamratten-Fallen haben wollten. Aber es dauerte noch siebenundzwanzig Minuten, bis Mutter den Hörer auflegte!

„Sie haben schon zwei ihrer besten Legehennen verloren; irgendein Raubtier ist in ihr Hühnerhaus eingedrungen. Du sollst zwei Fallen mitbringen, wenn du zu ihnen kommst“, erklärte Mutter.

Jeder Junge, der auf einer Farm oder Ranch aufwächst, weiß, daß Bisamratten keine Hühner töten. Sie fressen Hackfrüchte, Mais, Krebse, Muscheln oder, wenn sie sie erwischen, kleine Fische. Es muß sich also um einen Waschbären, eine Beutelratte oder einen Fuchs gehandelt haben. Jedenfalls mußte ich früher aufbrechen, wenn ich die Fallen mitnahm; am besten sofort nach dem Abendessen.

Ich holte also zwei Metallfallen aus dem Werkzeugschuppen und verstaute sie in dem vorderen Fahrradkorb. Mixy, die gerade von einem kleinen Schläfchen erwacht war, strich mir schnurrend um die Beine.

„Ich schlafe heute nacht bei meinem Freund Dichterling im Zelt“, sagte ich zu ihr. „Du kannst nicht mitkommen, denn du treibst dich nachts doch nur herum.“

„Miau“, gab sie beleidigt zurück.

In diesem Augenblick kam Mutter aus dem Werkzeugschuppen und brachte mir unsere große, verzinkte Lebendfalle.

„Mir ist es lieber, wenn du diese Falle mitnimmst“, sagte sie. „Ich kann es nicht über’s Herz bringen, daß Tiere sich stundenlang oder die ganze Nacht hindurch quälen.“

Ich erinnerte mich, wie traurig Mutters freundliche braune Augen jedesmal blickten, wenn sie irgendeinen Menschen oder eine Kreatur leiden sah oder auch nur davon hörte.

„Okay", sagte ich, „ich werde ihnen vorschlagen, diese zu benutzen."

Annelotte, Mutter und Mixy begleiteten mich bis zum Walnußbaum an unserem Eingangstor. Damit Annelotte mir nicht nachlaufen konnte, faßte Mutter sie an den Armen und schwang sie hin und her.

Es war dagegen gar nicht so leicht, Mixy loszuwerden. Unentwegt schubbelte sie sich an dem Vorderrad meines Drahtesels, so daß ich einfach nicht losfahren konnte.

Als sie sich einmal kurz zur Seite wandte, trat ich kräftig in die Pedale und sauste davon – einem neuen, prickelnden Abenteuer entgegen. Sicher würde ich Alexander den Kupferschmied heute nacht hören – und, wer weiß, vielleicht eine ‚Fliegende Untertasse' sehen!

9

Gibt es Schöneres im Leben eines Jungen als eine Nacht im Zelt, gemeinsam mit einem Freund? Dichterling und ich hatten in den letzten Jahren schon einige Nächte zusammen im Zelt verbracht.

Wir hängten unsere Kleider an dem selbstgebastelten Kleiderständer am Fußende der Schlafstellen auf. Licht brauchten wir nicht, denn der Mond schien recht hell durch das Plastikfenster an der Stirnseite des Zeltes.

Eine Weile lagen wir schweigend in unseren viel zu warmen Schlafsäcken und horchten. Wieviel verschiedene Geräusche sind doch nachts auf einer Farm zu hören! In regelmäßigen Abständen ertönte der schauerliche Schrei eines Waldkauzes. Von der hohlen Plantane her hörten wir das Grunzen der alten Miss Piggy und das Quieken ihrer sieben kleinen Ferkel. Grillen zirpten ringsum in den Wiesen, und Hunderte von Zikaden veranstalteten ein vielstimmiges Konzert.

Zikaden haben einen breiten Kopf, vorstehende Augen und durchsichtige Flügel, die ihren Hinterleib bedecken – wie ein Glasdach über einem Gewächshaus.

In dieser warmen Sommernacht schienen auch noch einige hundert Frösche in dem nahen Sumpf ein Familientreffen abzuhalten.

„Weißt du, daß wir als Köder Sardinen in die drei Fallen verteilt haben?" flüsterte Dichterling mir leise zu. „Vielleicht fangen wir einen Waschbären. Waschbären sind genauso erpicht auf Fisch wie Katzen."

„Ich hoffe, daß er sich die Lebendfalle aussuchen wird", sagte ich. Ich dachte dabei an meine Mutter. Sie würde mich ganz sicher wegen der Fallen ausfragen, wenn ich nach Hause kam.

Mit dem Schlaflied der zirpenden Grillen und trommelnden Zikaden muß ich wohl bald eingeschlummert sein. Ich weiß nicht genau, wie lange ich geschlafen hatte. Jedenfalls wurde ich ziemlich unsanft geweckt, als mich jemand kräftig an den Schultern rüttelte. Als ich meine Augen mühsam öffnete, hörte ich Dichterling, der sich über mich beugte, zu mir sagen: „He, Willi, wach auf! Wir haben irgendein Viech gefangen. Hörst du den Spektakel?“

Ein furchtbarer Lärm dröhnte vom Hühnerstall herüber. Das war ein Poltern, Rasseln und Jaulen, wie ich es noch nie in meinem Leben gehört hatte.

„Wir haben den jaulenden Hund gefangen!“ rief Dichterling aufgeregt. „Komm, laß uns schnell nachschauen!“

Rasch schlüpften wir in unsere Hausschuhe, öffneten den Reißverschluß am Zelteingang und stürmten hinaus. Dichterling war mit seiner Kamera und ich mit meiner Taschenlampe bewaffnet.

„Was für ein Radau! Das kann nur eine Wildkatze sein“, keuchte ich.

„Hundert Wildkatzen!“ schnaufte Dichterling zurück. Da war nicht nur ein fürchterliches Poltern und Jaulen zu hören – der ganze Hühnerstall schien in hellste Aufregung geraten zu sein. Ich hatte bis dahin nicht gewußt, daß siebenundsiebzig Hühner und acht Hähne solch einen Krach machen können. Ein Pausenhof voller tobender Schüler ist nichts dagegen!

Als das Hühnerhaus unmittelbar vor uns lag, wurden wir unwillkürlich etwas langsamer. Hatten wir mit irgendeiner Gefahr zu rechnen? Als ich mich ein wenig umschaute, erblickte ich eine Axt, die in einem Hauklotz steckte. Auf dem Hauklotz waren noch Federn und Blutspuren zu sehen. Vermutlich hatte Dichterlings Vater dort am Abend einen Hahn geschlachtet, der am nächsten Tag verspeist werden sollte.

Als ich den Lichtkegel meiner Taschenlampe auf die Fallen richtete, sahen wir zu unserer großen Überraschung etwas Schwarz-Weißes in der Lebendfalle.

„Es ist ein Stinktier!“ rief Dichterling aus. „Wir haben ein Stinktier gefangen!“ Er spannte seine Kamera und schoß ein Foto.

„Das ist niemals ein Stinktier“, widersprach ich, „das würde man sofort riechen!“

Als Dichterlings Kamerablitz aufleuchtete, ließ das Gegacker und Getrapse im Hühnerhaus ein wenig nach. Nur eine alte Henne konnte sich nicht so schnell beruhigen.

Das schwarzweiße Etwas, das in die Lebendfalle gegangen war, saß wie zum Sprung geduckt in dem Drahtgehäuse und funkelte uns mit seinen grünlichen Augen an.

Auf einmal fing Dichterling lautschallend an zu lachen. „O weia! Unser Hühnerdieb ist eure olle blöde Hauskatze!“

Das war fast ein bißchen zuviel. Wie konnte jemand es wagen, meine spezielle Freundin, unsere gute Mixy, eine olle blöde Katze zu nennen! Ich wurde ziemlich wütend auf meinen Freund Dichterling.

Schnell machte ich mich daran, die Falle zu öffnen. „Was machst du denn für Dummheiten!“ schalt ich Mixy. Aber wißt ihr, was sie tat? Sie fauchte mich an und schlug mit ihren Krallenpfoten nach mir, als sei ich schuld daran, daß sie in der Falle saß.

Im selben Augenblick hörten wir Schritte hinter uns über die Wiese kommen. Es war Dichterlings Mutter. Sie hatte einen langen, grünen Morgenmantel an. Der Riesenspektakel hatte auch sie aus dem Schlaf geweckt. Sie traute ihren Augen kaum, als sie Mixy sah.

„Ich werde sofort deine Mutter anrufen. Ich habe ihr versprochen, sie gleich zu benachrichtigen, wenn wir irgendein Viech gefangen hätten."

„Mixy ist aber nicht ‚irgendein Vieh'", wandte ich ein, „sondern nur eine dumme Katze, die keine Ahnung von Fallen hat. Und übrigens hat Mutter die letzten Nächte sehr schlecht geschlafen. Wenn sie mitten in der Nacht vom Telefon geweckt wird, ist es für den Rest der Nacht vermutlich mit dem Schlaf vorbei."

Inzwischen schnurrte Mixy wie eine angstliche Maus friedlich in meinen Armen.

„Armes, kleines Ding“, sagte Dichterlings Mutter zärtlich zu unserer großen, dicken Katze und streichelte ihr übers Fell. „Du hast sicher großen Hunger. Warte, ich nehme dich mit hinein und gebe dir etwas Milch.“

„Die ist keinesfalls hungrig“, widersprach Dichterling. „Sie hat mindestens eine halbe Dose Sardinen verspeist. In der Falle ist kein Krümel Fisch mehr.“

Weil wir keine Sardinen mehr hatten, holten wir ein Stück frisches Fleisch aus dem Kühlschrank und taten es als neuen Köder in die Lebendfalle. Die beiden anderen Fallen mit dem Fischköder unter dem Hühnerhausfenster waren noch unberührt. Ich hoffte, daß für Mixy dieser Zwischenfall eine Lehre sein und sie es in Zukunft unterlassen würde, hinter Willi Collins herzuspüren.

Köstlich schmeckte der Heidelbeerkuchen, den uns Dichterlings Mutter zu dieser nächtlichen Stunde in der Küche servierte. Für Mixy stellte sie eine Schale Milch auf den Boden, aber Mixy zeigte kein Interesse. Statt dessen schnupperte sie an dem Abfalleimer in der Ecke herum.

„Sie riecht die leere Fischdose“, sagte Dichterlings Mutter. „Dieses Tier ist versessen auf Fisch. Ihr müßt ihr morgen einen Mondfisch fangen.“

Wie ihr wißt, geschah das alles mitten in der Nacht, und es schien ratsam für uns beide, nun in das Zelt zurückzukehren. Das Problem war nur – was sollten wir mit Mixy machen? Die beiden Fallen mit dem Fischköder unter dem Hühnerhausfenster konnten gefährlich für sie werden. Dichterlings Mutter hatte eine kluge Idee. Sie sperrte unsere Mieze für den Rest der Nacht in die überdachte Veranda ein.

Gerade waren wir in unsere noch warmen Schlafsäcke gekrochen und versuchten, wieder einzuschlafen, als ich draußen plötzlich einen eigenartigen Ton hörte. Schnell war ich wieder aus meinem Schlafsack herausgestiegen und lugte vorsichtig durch das Plastikfenster. Da war er wieder, dieser unheimliche Ton! Er schien vom Hühnerhof her zu kommen. War es ein

Waldkauz oder ein Eichelhäher oder ein heiserer Grünspecht?

Rasch zogen wir unsere Hausschuhe an und rannten in Richtung Hühnerhaus. Meine Taschenlampe erhellte uns den Weg durch die Dunkelheit. Wir krochen durch ein Loch in der Hecke, die den Obstgarten einzäunte, und kamen zu den Fallen. Sie waren leer. Wir hatten nichts gefangen.

Ich schwenkte meine Taschenlampe im Kreis herum, aber nichts regte sich – nicht einmal ein Mäuschen.

„Ich glaube, wir hören die Flöhe husten“, seufzte Dichterling.

Als wir zum Zelt zurückgingen, blieb Dichterling plötzlich stehen. „Hörst du ihn wieder, den schaurigen Ton? Jetzt kommt er vom Eingang der Höhle her!“

Hier draußen – ohne eine Zeltwand dazwischen – hörten wir es viel deutlicher. Es war ein langgezogener, heller, jaulender Ton.

Meine Füße waren wie angewurzelt, und ich begann ein bißchen zu zittern. Es ist ein großer Unterschied, ob man solch einen unheimlichen Ton am hellichten Tag oder mitten in der Nacht hört. War ich überhaupt wach, oder träumte ich nur?

Jetzt hörte es sich an wie das aufgeregte Gegacker eines Huhnes, das man eingefangen hat, weil es in den Gemüsegarten vorgedrungen ist.

„Los, wir rennen hin!“ rief Dichterling und stürmte in Richtung Höhle. Ich hatte Mühe, ihm zu folgen.

Plötzlich blieb er stehen. „Hast du das gesehen?“ hauchte er.

Er deutete auf die Bäume am Rande des Sumpfes. In ihren Wipfeln schwebte ein Licht, das mal aufleuchtete und mal wieder verschwand. Ein anderes, gleißend helles Licht stand draußen in dem Sumpf über dem Bisamratten-Tümpel. Es war so grell, daß es durch die dichtbelaubten Zweige der Bäume hindurchdrang.

„Siehst du, wie es sich bewegt?“ fragte Dichterling mit zitternder Stimme. „Jetzt schwebt es davon!“

„Eine ‚Fliegende Untertasse‘!“ riefen

Dichterling und ich fast gleichzeitig. „Länglichs Mutter hatte recht!“

Ein unbestimmbares Lautgewirr, das aus mehreren Quellen zugleich zu kommen schien, drang zu uns herüber. War es nun das Brummen eines Motors, vermischt mit dem Quietschen von Rädern, oder war es das Gegacker eines sterbenden Huhnes, vermischt mit dem Jaulen eines Hundes? Junge, Junge, was für aufregende Dinge sahen und hörten wir da!

Und nun – was war jetzt als nächstes zu tun?

„Ich weiß, was wir machen!“ rief Dichterling triumphierend aus. „Wir gehen zur Paddler-Hütte, wo das junge Mädchen und ihr Vater Camping machen, und bitten sie, unseren Bericht und unsere Fotos in der ‚Indianapolis-Rundschau‘ zu veröffentlichen. Sie sollen schreiben, daß wir nicht nur ein fremdes Flugobjekt über dem Zuckerbachgebiet gesehen haben, sondern daß auch eigenartige Geräusche zu hören waren.“

Wir rannten bereits auf dem kürzesten

Weg zur Paddler-Hütte, als wir plötzlich hinter uns ein Rascheln hörten. Als ich mit meiner Taschenlampe dorthin leuchtete, sah ich ein graues Etwas, das schnurstracks auf die Höhle zulief. Es hatte einen breiten Kopf, funkelnde Augen, eine spitze Nase und einen etwa fünfundzwanzig Zentimeter langen Schwanz mit dunklen Ringen. Als es bei der großen Esche ankam, sprang es flink wie eine Katze an dem Stamm hoch und verschwand in den unteren Ästen.

„Es ist ein Waschbär!“ rief Dichterling. „Ein Jagdhund ist hinter ihm her.“

Genauso war es. Ein großer schwarzbrauner Jagdhund hetzte vorbei. Als er die Esche erreicht hatte, hatte sich „Meister Ringelschwanz“ längst in sechs Meter Höhe in Sicherheit gebracht. Im selben Augenblick ging ein ohrenbetäubendes Gekläffe los. Das sollte wohl heißen: „Ich habe den Räuber auf den Baum gejagt, jetzt holt ihr ihn herunter!“

„Es ist Sally!“ sagte Dichterling mit Überzeugung.

Sally war die schwarz-braune Jagdhündin von Schreihals' Vater. Solange sie die Spur irgendeines Tieres verfolgte, gab sie keinen Laut von sich. Aber wenn sie eine Beutelratte oder einen Waschbären gestellt hatte, war sie nicht mehr zu halten. Dann dröhnte der ganze Wald von ihrem Gekläff.

Aber wie kam Sally hierher? Schreihals' Vater ließ sie doch nie allein herumlaufen!

Wenige Sekunden später hörten wir eilige Schritte durch den Wald trapsen. Wie Indianer auf dem Kriegspfad kamen Schreihals, Jürgen und Länglich angelaufen. Sie rannten schnurstracks hinter Sally her auf die Esche zu.

10

Als unsere drei Freunde bei der Esche angekommen waren, schaltete Jürgen seine Starklichtlaterne ein. Mit ihrem weißen Lichtstrahl suchte er die Bäume der Umgebung ab, um das Tier ausfindig zu machen, dem Sallys lautes Gekläff galt. Schon wenige Sekunden später sahen wir in dem unteren Astwerk der Esche ein kleines, graues Tier mit funkelnden Augen.

Das also war das Licht, das wir in den Baumkronen in der Nähe des Bisamratten-Tümpels beobachtet hatten – das mal aufleuchtete, mal wieder verschwand. Keine ‚Fliegende Untertasse', sondern Jürgens Starklichtlaterne! Welch eine Enttäuschung!!!

Aber so schnell gab ich nicht auf. „Gut, wenn es auch weder eine ‚Fliegende Untertasse' noch eine ‚Fliegende Zigarre' noch ein ‚Fliegendes Auto' war – es gibt ja da noch jenen durchdringenden, kreischenden Ton“, sagte ich mir.

Doch zunächst wollten wir wissen, wieso Schreihals, Jürgen, Länglich und Sally hier aufgetaucht waren.

„In der letzten Zeit ist mehrmals irgendein Raubtier nachts in unseren Hühnerstall eingedrungen“, erklärte Schreihals, und Jürgen ergänzte: „In unseren auch, und darum beschlossen wir, dem Hühnerdieb heute nacht zusammen mit Sally aufzulauern.“

Jürgen und Schreihals waren die ältesten Mitglieder unserer Bande, und sie hatten diesen Plan absichtlich allein miteinander abgesprochen. Wenn sie uns eingeweiht hätten, hätten wir natürlich alle mitkommen wollen. „Wir hatten schon enorme Schwierigkeiten, bis *unsere* Eltern die Sache erlaubten“, erklärte Jürgen. „Wenn wir euch anderen Bescheid gesagt hätten, hätten wir noch vier Elternpaare überreden müssen.“

„Aber ihr habt doch Länglich mitgenommen“, wandte Dichterling ein.

„Meine Eltern wissen nicht, daß ich hier bin“, erklärte Länglich. „Sie haben gestern mein Zimmer renoviert, und so mußte ich im Motel schlafen.“ (Herr und Frau Gilbert führten ein Motel, das direkt am Waldrand lag.)

„Und was ist, wenn deine Mutter heute nacht wieder nicht schlafen kann und plötzlich auf den Gedanken kommt, aufzustehen und nach ihrem Sohn zu schauen?“ fragte ich, empört über Länglichs Gedankenlosigkeit.

Diese Worte erschreckten ihn offensichtlich sehr, denn er meinte zu mir: „Das hättest du besser nicht gesagt. Ganz bestimmt hat Sallys Gebell sie aufgeweckt.“ Er mußte fast schreien, um Sally zu übertönen, so fürchterlich laut kläffte sie immer noch.

„Ich schlage vor, wir gehen jetzt wieder nach Hause“, sagte Jürgen. „‚Meister Ringelschwanz‘ wird es heute nacht nicht mehr wagen, unsere Hühnerställe heimzusuchen. Vor allem muß Länglich ins Motel zurück, bevor jemand seine Abwesenheit bemerkt und die Polizei losschickt.“

„Können wir uns nicht für morgen nacht verabreden?“ fragte Dichterling. „Bis dahin hat der Waschbär bestimmt alles wieder vergessen und wird erneut Lust verspüren, auf Hühnerfang zu gehen. Ich werde ihn dann erledigen und in den Bisamratten-Tümpel werfen. Die Schildkröten werden sich freuen. Gib mir mal die Büchse.“ Er griff nach der 22er Flinte, die Jürgen in der Hand hielt. Der hatte die ganze Zeit darauf geachtet, daß der Gewehrlauf nach unten gerichtet war. Dies ist eine unbedingt notwendige Sicherheitsmaßnahme.

„Ich wette, daß es eine Wasch*bärin* ist. Hast du bemerkt, wie dick sie war? Sicher erwartet sie in Kürze Nachwuchs!“ gab Jürgen zu bedenken. „Außerdem ziehen Waschbären meist in Trupps von fünf bis zwölf Tieren herum, selten sind sie Einzelgänger. Wenn nun Sally zufällig dieses Tier aufgestöbert hat, wissen wir noch lange nicht, ob es der eigentliche Hühnerdieb ist.“ Wenn Joachim bei uns gewesen wäre, hätte er sicher gesagt: „Das Tier hat nichts Böses tun wollen, es hatte nur Hunger!“

Noch einmal leuchtete Jürgen in die Äste der Esche hinauf. Diesmal konnte man nur den schwarzgeringelten Schwanz sehen, der Körper des Tieres wurde von einem dicken Ast verdeckt.

„Auf, laßt uns nach Hause gehen!“ befahl Jürgen. „Solange wir keinen Beweis haben, daß es der wirkliche Hühnerdieb ist, hat es ein Recht zu leben! Etwas anderes wäre es, wenn wir das Tier auf frischer Tat ertappt hätten. Im übrigen haben Kleinsäugetiere im Augenblick Schonzeit, und wir könnten in Schwierigkeiten kommen, wenn wir eine Waschbärin erlegen.“ Daran hatte bisher noch keiner von uns gedacht.

In der ganzen Aufregung hatte ich gar nicht mehr an den Schrei gedacht, den wir noch vor wenigen Minuten gehört hatten und der uns durch Mark und Bein gegangen war. Jetzt – urplötzlich – schrillte er wieder durch die Nacht! Es hörte sich an, als würde eine sterbende Henne zum letzten Mal gackern. Es schien aus dem Wald bei der Paddler-Hütte zu kommen. Mir lief ein eiskalter Schauer über den Rücken.

„Es könnte ein Berglöwe sein“, vermutete Schreihals. „Sally, was meinst du?“

Sallys Fellhaare sträubten sich. Es war, wie wir es immer bei ihr beobachten konnten, wenn ein fremder Hund auf sie zukam, von dem sie nicht wußte, ob er gutmütig oder boshaft war.

„Ich wette, daß da wieder irgend so ein Raubtier in unseren Hühnerstall eingedrungen ist“, sagte Dichterling.

„Du meinst, in *unseren*“, meldete sich Schreihals.

„Quatsch, es kann genausogut *unser* Hühnerstall sein“, warf Jürgen ein. „Aber laßt uns nicht streiten, sondern hingehen und nachschauen!“

Also brachen wir auf und marschierten in die Richtung, aus der der Ton zu kommen schien. Schreihals hatte Sally ganz kurz hinter dem Halsband gefaßt, um sicher zu gehen, daß sie sich nicht plötzlich losriß, wenn sie eine neue Fährte entdeckte.

Mittlerweile hörten wir noch öfter das Gegacker des sterbenden Huhnes.

Nachdem wir vielleicht neun Minuten durch den dunklen Wald gelaufen waren, blieb Schreihals plötzlich stehen und sagte: „Leute, überlegt doch mal. Jetzt hören wir das Gegacker mindestens zum zehnten Mal. So lange stirbt doch kein gewöhnliches Huhn! Das müßte doch inzwischen längst mausetot sein! Irgend etwas kann da nicht stimmen."

„Ich verstehe das auch nicht", pflichtete ich ihm bei. „Es ist ja, als ob es dauernd stirbt und wieder lebendig wird. Erst stirbt es ein bißchen, dann wird es wieder ein bißchen lebendig."

Länglich konnte es sich nicht verkneifen zu sagen: „Wahrscheinlich ist es gar kein richtiges Huhn, sondern ein Geisterhuhn."

Inzwischen hatten wir uns bis auf schätzungsweise fünfzig Meter dem unheimlichen Geschrei genähert. Jürgen bedeutete uns, stehenzubleiben und zu schweigen. So verharrten wir eine Weile mucksmäuschenstill im Schatten eines weitausladenden Zuckerahornbaumes.

„Vielleicht ist das Huhn in eine Falle geraten, oder es hat sich in einem Maschendrahtzaun verfangen", flüsterte ich schließlich.

„Aber wie kommt das Huhn überhaupt von allein hierher?" grübelte Jürgen.

„Wahrscheinlich ist es aus einer ‚Fliegenden Untertasse' gefallen und in einem Dornengestrüpp gelandet", phantasierte Länglich. Wir alle fanden das unsinnig, aber ihm war es völlig ernst.

Da war Dichterlings Idee schon besser. „Laßt mal eine Weile eure Taschenlampen ausgeschaltet. Vielleicht begegnet uns ein grünes Marsmännchen, dann kann ich ein Farbfoto von ihm machen!"

So krochen wir also ohne Licht und möglichst lautlos von Baumschatten zu Baumschatten. Inzwischen hatten wir uns auf vielleicht zwanzig Meter dem „sterbenden Huhn" genähert. Neben mir unter einem schirmförmigen Papayabaum kauerte Länglich und versuchte, ein Niesen zu unterdrücken. „Ich bin allergisch gegen Hühnerfedern", flüsterte er.

„Das Huhn ist aber noch viel zu weit weg. Ich glaube, das sind die überreifen Papayafrüchte", widersprach ihm Schreihals. Papayas sehen aus wie kurze, dicke Bananen. Wenn sie überreif sind, haben sie einen widerlichen Geschmack und riechen scheußlich. Jemand von uns mußte wohl eine überreife Papaya am Boden zertreten haben, denn mir wurde plötzlich hundeübel. Ich schaffte es gerade noch, zu dem Baum gegenüber zu rennen – dann spie ich wie ein Reiher. Nachdem alles draußen war, fühlte ich mich besser und kehrte zu den anderen zurück. Alle schienen ziemlich nervös zu sein, einschließlich Sally, die von Zeit zu Zeit ein unterdrücktes Knurren von sich gab.

„Wenn mich nicht alles täuscht", bemerkte Jürgen, „befindet sich das gakkernde, sterbende Huhn hoch oben auf einem Baum." Soviel ich hören konnte, hatte er recht.

„Ich möchte auf jeden Fall ein Foto schießen, bevor es wegfliegt", sagte Dichterling.

Ab sofort kroch er also – mit schußbereiter Kamera – uns allen voraus. Zentimeter für Zentimeter arbeiteten wir uns vor, wobei wir den Schatten der Hecke ausnutzten, die dem Zaun entlanglief. Schreihals brachte das Kunststück fertig, Sally so zu beruhigen, daß sie keinen Laut von sich gab. Sonst wäre es wohl mit dem Fotografieren aus gewesen.

Jetzt mußten wir bereits dicht am Ort des Geschehens sein. Gleich würde Dichterling abdrücken, der Kamerablitz würde aufleuchten und wir hätten ein Foto von irgend etwas Außerirdischem – einer „Fliegenden Untertasse" oder dergleichen.

„Schschsch!"

Eigentlich war es gar nicht nötig, daß Jürgen uns ermahnte, still zu sein. Jeder von uns hatte es gehört. Irgend etwas kam von links her auf uns zu! Hin und wieder hörten wir das Knacken eines Zweiges oder ein Rascheln im Laub. Dann war wieder einige Sekunden absolute Stille. Noch konnten wir nichts sehen, aber wir vernahmen deutlich Fußtritte, die näher kamen.

Mir lief es heiß und kalt den Rücken hinunter, besonders als ich die Umrisse von etwas Großem, Dunklem wahrnahm. Es mochte ein Bär von mittlerer Größe sein.

Mal schien es auf zwei Beinen zu stehen – ein wenig vornübergebeugt, mal kroch es auf allen Vieren. Einmal sah ich, daß etwas Glänzendes sich im Mondlicht spiegelte.

Die Zeit schien still zu stehen. Doch Dichterling war schon weiter vorgepirscht. In dem Augenblick, wo er das Foto schießen würde, wollten wir alle unsere Taschenlampen aufleuchten lassen, um zu sehen, was es war.

Doch dann, mit atemberaubender Schnelligkeit, kam Bewegung in das Ganze. Direkt vor uns sprang jemand hinter einem dunklen Baumstamm hervor, und ein starkes Licht blitzte auf. Das Licht suchte die Hecke ab, hinter der wir uns versteckten.

Kurz danach leuchtete ein zweites Licht auf, dann ein drittes. Schließlich waren vier grelle Lampen auf uns gerichtet. Es war, als habe ein Ungeheuer mit vier großen Augen uns ins Visier genommen!

„Das sind die kleinen, grünen Marsmännchen“, schrie Länglich. „Sie versuchen, uns zu blenden!“ Er taumelte zurück, stieß dabei mit mir zusammen, verlor das Gleichgewicht und fiel der Länge nach hin. Wir anderen hielten uns die Hände vor die Augen, um nicht in die grellen Lichter sehen zu müssen.

Inzwischen war das Gegacker des sterbenden Huhnes verstummt. Dafür hörten wir das langgezogene, jaulende Kläffen eines Hundes.

Mit einemmal wurde es turbulent. Sally hatte es endlich geschafft, sich von Schreihals loszureißen. Mit ohrenbetäubendem Gekläff und Geheule und kurzem, scharfem Gebell sprang sie wie wild um eine Ulme herum, die in unmittelbarer Nähe des Zaunes wuchs.

11

Die vier grellen Lampen waren weiter auf uns gerichtet. Schreihals lag noch immer auf dem Boden und hielt sich den Arm vor das Gesicht. Aus der Ulme ertönte fortwährend Hundegekläff und Hühnergegakker, und um die Ulme herum tobte Sally mit lautem Gebell.

Doch genauso plötzlich, wie die Lampen aufgeleuchtet waren, verloschen sie jetzt. Jemand rief mit besorgter Stimme: „Conny, was ist los? Ist etwas nicht in Ordnung?“

In einiger Entfernung sah ich auf einem mondbeschienenen Grasstück zwischen der Hecke und der Paddler-Hütte einen Mann. Er humpelte und führte einen Hund an der Leine. Der Hund zerrte aufgeregt und riß den Mann fast mit sich fort.

Als Länglich den Hund sah, rief er sofort: „Das ist Alexander! Er lebt wieder!“

Der Mann trug eine Jacke aus rotkariertem Stoff. Sein eines Bein war vom Knie bis zum Knöchel schneeweiß und fast doppelt so dick wie das andere.

Dichterling war inzwischen bei der Ulme stehengeblieben, aus der das Gegakker des sterbenden Huhnes zu kommen schien. Was mochte wohl dahinterstecken? Mit seiner starken Taschenlampe leuchtete er den ganzen Baum ab. Auf einmal schrie er zu uns herüber: „Leute, ich hab's! Euer ‚sterbendes Huhn' ist ein einfacher Lautsprecher!"

Tatsächlich! Hoch oben im Baum steckte der Trichter eines alten Grammophons.

Sally hatte sich inzwischen beruhigt und schnüffelte verlegen um die Ulme herum. Dann wechselte sie ein wenig scheu zu Schreihals hinüber – so als schämte sie sich, solch einen Radau veranstaltet zu haben, obwohl doch gar kein Raubtier in dem Baum saß.

Der fremde kupferbraune Hund spielte immer noch verrückt und zerrte unentwegt an der Leine. Offensichtlich wollte er Sallys Aufmerksamkeit auf sich lenken. Aber Sally rührte sich nicht. Sie lag faul ausgestreckt zu Schreihals' Füßen und gähnte. Sicher dachte sie: „Ich lasse mich nicht schon wieder zum Narren halten. Wer weiß, ob der rotbraune Hund überhaupt ein richtiger Hund ist? Vielleicht träume ich auch nur."

Vielleicht träumten wir alle? Denn der Hund, der vor uns stand, sah genauso aus wie Alexander der Kupferschmied. Wie er sich bewegte, wie er uns beschnupperte, wie er mit dem Schwanz wedelte – das alles war genauso, wie wir es von Alexander kannten!

Doch die kurzen Sätze, die der humpelnde Mann und das junge Mädchen, das er Conny nannte, miteinander wechselten, verschafften uns allmählich ein bißchen mehr Klarheit. Es war, als würde man bei einem Puzzlespiel Stück für Stück die einzelnen Teile zusammenfügen, bis man endlich das ganze Bild vor sich sieht.

Auf die Frage, ob etwas nicht in Ordnung sei, hatte das Mädchen mit besorgter Stimme geantwortet: „Vater, du sollst doch nicht aufstehen! Es ist alles in bester Ordnung! Ich habe gerade die netten Jungen gefilmt, die ich gestern bei dem Sumpf traf. Erinnerst du dich? Einer von ihnen tötete die Wassermokassinschlange."

Ich war nicht so sicher, ob man mich im Augenblick einen „netten Jungen" nennen konnte. Ich war nämlich ziemlich sauer darüber, daß die Sache mit der „Fliegenden Untertasse" so danebengegangen war. Außerdem nervte mich die Frage: War der kupferbraune Hund tatsächlich ein echter Hund, oder war es nur eine Täuschung? War ich richtig wach oder träumte ich nur unter der Buche bei dem „Schwarze Witwe"-Stumpf?

Nun näherte sich auch noch Motorengeräusch, und bei der Paddler-Hütte leuchteten die Lichter eines Autos auf! Ein rotes Blinklicht flackerte auf seinem Dach, und ein starker Scheinwerfer suchte das Gelände ab. Fünfzehn Meter vor uns stoppte das Auto, und aus dem Lautsprecher dröhnten die Worte: „Hier spricht die Polizei! Wir suchen einen vermißten Jungen ...“

Doch noch in die Durchsage hinein rief eine aufgeregte Frauenstimme: „Rolf Gilbert! Was um alles in der Welt suchst du hier im Wald?“ Es war Länglichs Mutter.

Kurz darauf sahen wir auch Länglichs Vater. Er trug ein grünes Hemd und eine graue Flanellhose. Länglichs Mutter rannte auf ihren Sohn zu, schlang ihre Arme um ihn und schluchzte: „Warum in aller Welt bist du weggelaufen? Wir haben uns fast zu Tode geängstigt.“

Mir tat Länglich leid, denn wir alle mußten es mit ansehen, wie seine Mutter seinetwegen weinte und ihn ausschimpfte, als sei er noch ein Kleinkind.

Am nächsten Tag erzählte ich meinen Eltern von unserer aufregenden Nacht und sagte auch, wie sehr ich Länglich bedauert hätte. Mein Vater war da anderer Meinung. „Kinder haben kein Recht, ihren Eltern unnötig Kummer zu bereiten. Er hätte nicht aus dem Fenster klettern dürfen, um sich mit Schreihals und Jürgen fortzustehlen.“

Ich war noch immer auf Länglichs Seite und erklärte: „Es blieb ihm doch nichts anderes übrig. Wenn er seine Eltern vorher gefragt hätte, würden sie es ihm nicht erlaubt haben – und wieviel Interessantes wäre ihm dann entgangen!“

Jetzt schaltete sich auch meine Mutter ein. „Ich kann den Jungen verstehen“, sagte sie, „besonders wenn ich an unseren eigenen Sohn denke. Andererseits kann ich auch die Sorge seiner Eltern verstehen. Sie hatten ja offenbar befürchtet, daß er entführt worden sei. Darum kann ich gut verstehen, daß seine Mutter in Tränen ausbrach, als sie ihn wiederhatte. Ein Kind ist seinen Eltern eben mehr wert als eine Million.“

Ich kapierte, was meine Eltern mir damit sagen wollten. Offensichtlich liebten sie ihren „ersten und schlimmsten“ Sohn doch sehr und ebenso ihre „erste und schlimmste“ Tochter. Die hatte sich gerade in diesem Augenblick wieder zu einer waghalsigen Kletterpartie verführen lassen. Vater hatte etwas am Dach ausgebessert, und die Leiter stand noch an der Hauswand.

Mutter lief so schnell sie konnte zu der Leiter und schnappte sich Annelotte, die schon über die Hälfte der Sprossen hinaufgeklettert war. Es sah so aus, als könnte die Leiter jeden Moment kippen. Das wäre Annelotte zweifellos schlecht bekommen.

Als Mutter mit ihr zu uns zurückkehrte, sagte sie zu Vater gewandt: „Es wäre besser, wenn der „erste und schlimmste" Papa dieser Familie seine Leitern immer gleich wegräumen würde!"

Das erinnerte mich an unsere Begegnung in der vergangenen Nacht. Ich erzählte euch bereits, daß oben in der Ulme ein Lautsprecher versteckt war. An der Ulme lehnte noch die lange Aluminiumleiter des alten Paddler. „Genau das passierte dem Vater des jungen Mädchens", erklärte ich. „Letzte Woche wollte er den Lautsprecher oben in der Ulme anbringen. Als er ihn befestigt hatte und wieder hinuntersteigen wollte, rutschte die Leiter weg. Er fiel runter und brach sich das Bein. So kam er zu dem Gips."

Während ich noch ein bißchen weitererzählte, zeterte und winselte Annelotte, denn sie wollte wieder zu der Leiter. Wahrscheinlich meinte sie, dadurch den Beweis zu erbringen, daß sie schon ein „großes Mädchen" sei. Vater stoppte jedoch ihre Abenteuerlust, indem er die Leiter in die Garage zurücktrug und an dem dafür vorgesehenen Haken aufhing.

Dann kam er zurück, verbeugte sich vor Mutter, küßte ihre Hand und sagte verschmitzt: „Stets zu Ihren Diensten, gnädige Frau!" Annelotte war inzwischen zum Brunnen gelaufen, wo sie Wasser in ihren Trinkbecher schöpfte. Sie trank einen Schluck und goß den Rest über der Pfütze aus. Das schreckte wieder all die weißen und zitronengelben Schmetterlinge hoch, die sich am Rand der Pfütze zum Trinken niedergelassen hatten.

* * *

Dann folgte die spannendste Woche, die wir je erlebt hatten. Alle Geheimnisse und Rätsel der letzten Zeit sollten in jenen Tagen ihre Auflösung finden. Als erstes erfuhren wir, daß der Mann, der sich mit seiner Tochter in der Nähe der Paddler-Hütte aufhielt, ein Zoologieprofessor war. Er war gerade damit beschäftigt, einen naturkundlichen Film über das Zuckerbachgebiet zu drehen. Und dann kam die dicke Überraschung. Am nächsten Tag fragte uns der Herr Professor, ob wir ihm und seiner Tochter bei ihren Filmarbeiten helfen würden! Begeistert sagten wir zu. Stundenlang streiften wir durch die Gegend, um die Laute von zirpenden Grillen, hämmernden Spechten, brüllenden Ochsenfröschen und manch anderen kleinen Lebewesen auf Tonband festzuhalten. Oft filmten wir in der Nacht, und jedesmal, wenn das Scheinwerferlicht über dem Sumpf leuchtete, sah Länglichs Mutter eine „Fliegende Untertasse"!

Der kupferbraune Hund, der auf den Namen Napoleon Bonaparte hörte, sah

Alexander dem Kupferschmied wirklich zum Verwechseln ähnlich.

Viel zu schnell ging diese Woche vorüber. Wir hatten dem Professor und seiner Tochter fleißig geholfen, die verschiedensten Film- und Tonaufnahmen von der bei uns heimischen Tierwelt einzufangen. Nun waren sie dabei, ihre Zelte hier abzubrechen, um in den Sanddünen von Nordindiana ihre Arbeit fortzusetzen. Eines der interessantesten Kapitel unseres Lebens schien zum Abschluß zu kommen. Am meisten hatte es mich fasziniert, in der Dunkelheit der Nacht auf Lauer zu liegen. Dabei benutzte der Professor eine sogenannte Kamerafalle. Er versteckte einen Lautsprecher in einem Baum, bei einem Bachufer oder an einem Biberdamm. Dann ließ er Tonbänder mit Angstlauten verschiedener Tiere abspielen, und fast immer, wenn wir lange genug warteten, wurde dadurch irgendein Tier angelockt.

Als der Professor sein Bein gebrochen hatte und deswegen die meiste Zeit auf dem Zeltplatz bleiben mußte, verabredete er mit seiner Tochter ein Zeichen. Wenn er Napoleon Bonapartes Gekläff über den Lautsprecher abspielte, hieß das, daß er sie aus irgendeinem Grund brauchte. Sie sollte ihm dann mit einem Pfiff auf der Hundepfeife antworten.

Morgen nun waren die beiden den letzten Tag bei uns. Sicher könnt ihr euch vorstellen, daß wir in ziemlich gedrückter Stimmung waren. Wir lagen im Gras in der Nähe des „Schwarze-Witwen"-Stumpfes, sprachen über dies und das und überlegten, ob wir heute noch schwimmen gehen sollten. Später wollten wir uns dann von dem Professor verabschieden.

Plötzlich sahen wir in einiger Entfernung den Professor auf dem Trampelpfad daherkommen, der an dem Seitenflüßchen entlanglief. Vor ihm her sprang sein Hund, der haargenau so aussah wie Alexander der Kupferschmied und sich auch bewegte wie er. Der Professor hatte ein Fernglas umhängen, das er ab und zu vor die Augen hielt, um den Himmel oder die Bäume in der Umgebung abzusuchen. Hin und wieder blieb er stehen und schrieb etwas in ein Notizheft. Gerade hatte Napoleon Bonaparte einen Schwalbenschwanz aufgescheucht. Als der Schmetterling jetzt auf einen Reisighaufen in der Nähe der Linde zuflog, nahm der Professor sofort seine Filmkamera zur Hand und ließ sie surren.

Und als er nun den Schmetterling mit der Linse verfolgte, fing er auch die sechs Jungen ein, die unter der schattigen Buche im Gras lagen.

Schließlich kam er zu uns herüber. Er schaute ein wenig bekümmert auf Napoleon und erzählte dann: „Conny und ich haben ein Problem. Am ersten September ziehen wir in ein Neubaugebiet in Indianapolis und in dem Mietvertrag steht, daß wir keine Haustiere halten dürfen. Conny muß sich also von Napoleon trennen. Wir bringen es aber nicht übers Herz, ihn einschläfern zu lassen. Möchte vielleicht einer von euch ihn zu sich nehmen. Er ist zwar ziemlich lebhaft, aber auch sehr anhänglich."

„Er scheint sich gut mit Sally zu vertragen, aber wir haben zu Hause noch drei andere Hunde", sagte Schreihals nachdenklich.

„Ich vermute, daß er keinen Stammbaum hat", überlegte Jürgen. Er richtete sich gerade gemächlich auf.

„Das stimmt. Es ist kein reinrassiger Hund. Niemand kennt seine Vorfahren", antwortete der Professor. „Conny hat ihn entdeckt, als wir vor wenigen Jahren ein Tierheim besuchten. Jemand hatte gerade einen Wurf kupferbrauner junger Hunde gebracht. Zwei davon sahen genau gleich aus, nur daß der eine am Hals einen weißen Flecken hatte. Für ihn entschied sich Conny. Am nächsten Tag wollte sie den anderen Hund auch noch holen, aber sie kam schon zu spät. Kurz nach uns war ein rothaariger Junge mit seinen Eltern dagewesen und hatte den zweiten Hund mitgenommen."

Junge, Junge, das brachte mich in Schwung! Ehe noch jemand anderes zu Wort kommen konnte, sagte ich schnell: „Ich kenne einen Jungen, der sich brennend solch einen Hund wünscht." Und dann erzählten wir dem Professor von Alexander dem Kupferschmied und dem Kampf mit der Wildkatze und von allem, was damit zusammenhing.

Als ich wieder zu Hause war, mußte ich sofort meine Neuigkeit loswerden. Mein Vater führte daraufhin ein langes Ferngespräch mit meiner „roten Tante" in Memory City. Sie würde sich sofort mit ihrem Mann und ihrem Sohn auf den Weg machen. Sie glaubte, daß Wally bestimmt an Napoleon Bonaparte Gefallen finden würde.

Mit Feuereifer half ich bei den Arbeiten, die noch vor dem Abendessen erledigt werden mußten. Vater stand oben auf dem Heuboden und warf große Ballen Futter für die Kühe herunter. Ich hatte gerade drei Hühnereier in einem neuen Nest auf dem mittleren Regal in Vaters Werkzeugschuppen gefunden und war sehr stolz auf diese Entdeckung.

„Weißt du was", rief ich zu Vater hinauf, „ich habe einen guten Namen für Napoleon, den ich Wally vorschlagen werde. Er konnte ihn ‚Happiness' nennen, nach dem englischen Wort für Glück!"

„Und warum?" wollte Vater wissen.

„Du sagtest doch zu mir: Das Glück wurde als Zwilling geboren!" rief ich zurück.

Ich fühlte mich so glücklich wie niemals zuvor in meinem Leben. Ich stellte mir vor, wie froh Wally sein würde, wenn er Alexanders Zwillingsbruder sah und erfuhr, daß er ihn als seinen neuen Freund behalten könne.

Weil ich selbst so glücklich war, wollte ich unserer schwarzweißen Mieze auch eine Freude machen. Ich goß frische, warme Milch in ihren Futternapf neben dem Rebstock und rief laut: „Mixy – Mixy – Mixy, komm!"

Drei Sekunden später kam sie angesprungen. Sie miaute mich an und wollte sich dann wie ein hungriger Löwe auf die Milch stürzen. „Einen Augenblick, Mixy", sagte ich zu ihr. „Ich muß dir erst noch was zeigen." Dann holte ich aus meiner Hemdentasche ein Foto, auf dem man eine

Katze sah, die in einer Lebendfalle gefangen war. Dieses Foto hatte mir Dichterling heute nachmittag im Wald gegeben.

„Hier, mein liebes Kätzchen, das solltest du dir einmal gut anschauen." Damit legte ich das Foto vor sie hin.

Aber wißt ihr, was sie tat? Sie rümpfte verächtlich ihre Nase und schaute mich verständnislos an – so, als wollte sie sagen: „Ich bin nicht die dumme Katze auf dem Foto. Sie sieht mir zwar ähnlich, aber ich bin auch ein Zwilling!" Dann schleckte sie mit ihrer rauhen Zunge genüßlich die Milch, die ich ihr hingestellt hatte.